:**mairisch** verlag

Inhalt

Alleinstehende Herren   7

Wasserleiche   15

Bussardweg   33

Malealea   49

Die Blumen   71

Hey Hoppmanns   81

Goldbarrenmann   87

Schnurrbart   97

Wer ist Rex Huhmann?   113

Frances stirbt   117

Der goldene Stern   133

Alleinstehende Herren

Wenn der Nachmittag schwer wird und Schatten aus den Wolken fallen, wenn die Ameisen in Ritzen flüchten, weil es draußen kalt wird, wenn es drinnen warm wird, gehst du raus und kackst hinter die Hochhäuser. Aus der Grube krähen Fahrradspeichen, Kühlschrankleichen und Rostgerippe. Ein Hauch von Abenteuer.

Du schreitest durch das pudrige Licht der Laternen, die Arme hinter dem Rücken verschränkt. Du siehst imaginäre Passanten laufen, grüßt mit dem Nicken eines Generals. Erschrickst, wenn du dich im Schaufenster lachen siehst. Nur selten begegnest du wirklich noch einer späten Oma, die ist dann plötzlich sehr echt.

Paul, der im ersten Stock wohnt, macht jetzt alles. Du gehst mittags raus, da steht er mit seinem Hot-Dog-Stand an der Straße. Du gehst wieder rein und rufst beim Kinoprogrammservice an, Paul ist dran und sagt: »Sie wünschen?« Du gehst in die Fußgängerzone, da steht Paul als Känguru und verteilt Reisebürowerbung. Wahrscheinlich ist er einsam, du kennst das, du kennst das. Oft genug wachst du verdattert auf und denkst: Hier bin ich wieder, mit wem rede ich denn? Dann drehst du dich noch mal um und willst dem ganzen Quatsch entgehen, aber etwas sagt dir: Schlaf nicht so lange, Schlaf kann Menschen trinken. Putz Zähne, steck eine Münze in den Tag. Schließlich bist du der Hootscha-Kutscha-Mann. Und du stehst auf und richtest die Wohnung her, denn gleich kommen die Jungs vom Club der einsamen Männer. Da will das Fruchtgummi auf den Tisch gestellt sein, da will die ganze

Wohnung im warmen Gewand sich zeigen. *Go on*, zwitschert das Radio, der neueste Hit der Zitronengirls.

Paul klingelt um drei. Er trägt seine Pizzabotenuniform, nimmt dir den Staubwedel aus der Hand, klopft dir damit lustig auf den Kopf und fragt: »Wo ist der Korn?« Kurz darauf kommt auch Henneberg. Ihr seid drei Freunde in der Welt. Du wirst gebraucht, man erwartet Schlagfertigkeiten. Wer kann so schön potztausend sagen wie du? Keiner ja wohl, und darauf kommt es an. Nach der ersten Runde Memory wird Henneberg symbolisch. Er nennt die Weiber einen Kühlschrankverein, dumpf summend, voller Milch und Wurst. Dazu hebt er den Finger. Auch Paul guckt weinerlich. Und jetzt kommt dein Spruch: »Das ist eben so. Wer wären wir, wären wir nicht alleine? Wer will Kaffeemaschine oder Engel sein? Es ist wie beim Memory, Pärchen kommen raus. Trinken wir noch einen, das Leben ist lang.« Da gucken sie dich an, und ihre Tränen trocknen. Du bist der Ramba-Zamba-Mann.

Später fragst du: »Jungens, wollen wir mal spazieren gehen?« Aber da ist es schon Abend, und die Jungens sind weg. Also gehst du alleine raus, Spaziergang ist schön. Da stehen die Sterne am Himmel, für jeden Menschen einer. Da wirfst du Steinchen an Lieselottes Fenster, bis sie den Kopf herausstreckt: »Neinneinnein!«

Du denkst: Neinneinnein? Warum nicht einfach mal Ja?

Wach auf, steh auf, geh bummeln. Sieh die neuesten Kettensägen im Fenster. Riech im Bücherladen den Schöner-Leben-Duft, kauf *Die tausend tollsten Witze*. Ein Vorrat an Witz lässt die Frauen miauen. Und anschließend in den Vogelladen. So ein kleiner Franz oder Fritz im Käfig. Was würde denn der Verkäufer empfehlen? Einen Sittich oder Piepmatz, eine

Macke oder Meise? Paul sagt: »Das müssen Sie schon selbst wissen, mein Herr.« Und du nimmst erst mal nur den Käfig, das ist ja schon mal nichts.

Montag: Der Club geht im Vorstadtpark Rollschuh laufen. Sportlich vorbei an Baum, Hund, Baum. Das macht das Kreuz robust und die Muskeln geschmeidig. Vorneweg Paul, mit den Händen hinter dem Rücken. Dann Henneberg und du, euch gegenseitig stützend. Die Fräuleins weichen wortlos aus. »Herrschaftszeiten«, sagt Henneberg, auf der Parkbank verschnaufend, »wo kommen die nur alle her? Gott muss einen riesigen Topf voller Mädchenpampe haben, da greift er rein und formt Arme, Beine, Zöpfe. Streut allem noch eine Prise Unerreichbarkeit zu, denn das ist der Hauch des Lebens, jaja.«

Am Dienstag trifft Paul seine *Witwe, motorisiert* aus dem Anzeiger. Ihr anderen zwei hängt vor der Fensterscheibe des Italieners und seht zu. Paul sitzt so weit ganz souverän am Tisch, einer riesigen, lächelnden Nase gegenüber. Der Kellner kommt, der Kellner geht. Als die beiden das Restaurant verlassen, guckt ihr weg und kennt Paul nicht. Nur zwei zufällige Herren, die einen Sportrülpswettbewerb machen. Paul schüttelt der Dame die Hand. Die Dame geht und steigt in den Bus. Paul guckt traurig. »Habt ihr diese Nase gesehen?« Zärtlich klopft ihr dem Kumpel die Schulter. »Alter Junge, vielleicht beim nächsten Mal!« Dann zieht ihr unsicher grölend in den Imbiss 5000 und stellt euch zu den Karikaturen an den Tisch. Paul wagt ein Spielautomatspielchen, er erntet Kleeblatt, Herz und Stern. Du sagst: »Potztausend.« Henneberg hebt den Finger.

Lieselotte hat gesagt, einen Tee könne man ja mal trinken. Du duschst den ganzen Morgen, dann reibst du dich mit Kokosöl wund. Pünktlich um kurz nach zwei stehst du vor ihrer Tür. Du hast Rosen dabei und setzt dein dreieckiges Lächeln auf. Als Lieselotte in der Tür steht, merkst du, dass die Rosen kitschig sind. Heute kommt man zufällig vorbei, nur so, vielleicht ein Teechen? Ach, warum nicht, ehe ich mich totschlagen lasse, ein Tässchen geht rein. Anis-Fenchel-Kümmel oder Hagebutte?

Sie nimmt dir die Rosen ab und legt sie in die Spüle. Du denkst: Ihr Mund ist wie eine Blume, und ihre Augen sind wie zwei schöne Blumen. Ihr setzt euch auf ihre linksradikale Couch. Sie erzählt von dem Igel, den sie als Kind verarztet hat. Wie schön sie ist, so wunderschön doof. Ihre Socken geringelt, ihre Nase weich, wie sie Tee rührt und plaudert dabei. Wie sie dich nie ansieht beim Reden, immer Fingernagel guckt, Zucker vom Tisch fegt. Und wie fremd es riecht, nach Ananassaft.

Um vier kommt der große, schöne Punk, mit ihm ein Hauch von Büffel und Musik. Lieselotte stellt dich vor: »Das ist mein ganz besonderer Kumpel.« Sie stellt ihn vor: »Mein zukünftiger Mann.«

Warum ist es nie anders, als es ist? Du verabschiedest dich. Du schlenderst draußen herum. Die Nacht, sie naht auf samtenen Tatzen. Dort der alte Straßenclown unter der Laterne. Er sieht aus wie ein Kinderschänder und dreht seine Leier. Es ist Paul. Er sagt: »Willst du meine Lebensweisheit hören?« Er zeigt auf seine Lebensweisheiten-Tafel, auf der mit Kreide etwas von Regenbogen und Traumtränen geschrieben steht. Dann schmeißt er dir ein Bonbon an den Kopf und sagt: »Geh nach Hause.«

Am Donnerstag hört man Gepolter im Hof. »Polterabend«, sagt Henneberg zart. Jemand reicht euch Dosenbier, ihr stellt euch dazu. Hässliche Zottel zerschmeißen Geschirr. »Seit wann heiraten Punks?«, fragst du. Paul klopft dir auf die Schulter: »Nimm's nicht so schwer.«
»Glück auf«, ruft ein Punk und zerschmettert zehn Teller.

Am Wochenende geht der Club auf Tour, warum auch immer zu Hause saufen? Es geht zum Jahrmarkt, dort steht ihr vor dem Riesenrad. Die sich drehenden Frauen, wie Hähnchen am Spieß. Paul trifft seine motorisierte Nase am Zuckerwattestand. Ihr staunt nicht schlecht: Sie wartet im Minirock, und ihr Körper ist allerhand. Aber ihr wollt den Freund nicht stören, ihr schießt euch lieber für Kuscheltiere um Kopf und Kragen. Henneberg kauft den Kindern einer jungen Mutter sieben Eis. Du selbst probierst Späßchen bei einer eisigen Diva. Aber sie lächelt nur und sagt: »Geh weg.« *Puff* macht es an der fantastischen Bude. Der sprechende Affe zersägt die Frau mit dem Bart. »Henneberg«, sagst du, »sondieren wir die Lage!« Aber da ist es schon Nacht, und Henneberg ist weg. Also steigst du in die Bahn, als letzter Schrei, also kriechst du ins Krokodilmaul deines Bettes und lässt dich verdauen. Stehst auf als Knochen. Der Nicht-Vogel schweigt, und beim Frühstück spürst du dein Hirn. Ein säuerliches Brennen in den Schläfenlappen.

»Tja, ihr Flitzpiepen«, sagt Paul nachmittags im Imbiss 5000. Man habe noch Cocktails getrunken und sei dann zu ihr. Er habe in Anbetracht der Lage über einiges hinwegsehen können.
»Offene Beziehung«, sagt er. »Entspannte Sache.«
»Goldhochzeit?«, fragt Henneberg betrunken.

»Nee, Cocktails«, sagt Paul. »Entspannter Jazz, Sex mit Verhütung.«

»Schweinebraten«, sagt Henneberg und hebt den Finger.

»Nee, vielleicht gemeinsam Ostsee«, sagt Paul. »Abenteuer, Nacktbadestrand.«

»Fortpflanzung«, fordert Henneberg. »Gemeinschaftsgrab!« Und als Henneberg später *Verzweiflung* sagt, winkt Paul nur ab: »Das ist doch überholt.«

Dienstagabend, Gedichtegruppe. Unten bei Paul im dritten Stock. Paul kaut Bleistift und dichtet ganz wacker. »Was reimt sich bitte auf *Busen, so warm*?« Auch du bist ganz Zeilenbruch und Anapher. Nur Henneberg liest lieber in einem Reiseprospekt: »Lassen Sie sich von der Südsee verzaubern. Hier ist die Frau noch Frau, hier wird der Fisch noch auf Holzkohle gegrillt. Genießen Sie den Meerbusen, Beachlife pur.«

»Die Mädels warten dort sicher schon auf dich«, lacht Paul.

»Warum nicht«, sagt Henneberg. »Solide Typen sind immer gefragt.«

Paul schäkert: »Sagt mal, Mädels, wer ist denn dieser solide Typ da vorne? Ist das nicht der berühmte Henneberg? Was für ein Mann, ich werd schon ganz wuschelig!«

Paul steht auf und taumelt zum Kühlschrank: »Huh, dieser Henneberg, da werde ich mir gleich mal meine Südseetitten einölen! Vater, schlachte schon mal ein Gnu für die Hochzeitszeremonie! Huh, dieser Henneberg, oh Götter, oh Liebe!«

»Du Fuzzi«, brüllt Henneberg plötzlich, schubst Paul in den Bücherschrank und stampft aus der Tür.

Am Mittwoch denkst du: Was ist denn jetzt los? Hausbewohner tragen Möbel aus Hennebergs Wohnung. Lieselotte sagt,

Henneberg habe alles verschenkt und sei vorhin mit Koffer und Hawaiihemd in ein Taxi gestiegen. Ob du ihr helfen könntest, seine Kommode in ihre Wohnung zu wuchten?

Paul hält ein weiteres Taxi an und fordert den Fahrer auf, zu brettern. Im Flughafen trennt ihr euch, du links, Paul rechts. Du gerätst zwischen kirre Uniformen, Außerirdische und Japaner, von denen du nicht weißt, ob sie lächeln oder kauen. Wo ist Henneberg?

Im lautlosen Aufzug schwebst du zum Duty-free, trittst in einen grünen Duft, ein Hauch von Mandel? Vor einem Geschäft für Partymützen läufst du Paul über den Haufen. Zusammen marschiert ihr an führerlosen Bahnen vorbei, an WC, Bankautomat, Prayer Room.

Was ist das für ein künstlicher Tag? Was ist das für ein Pfeifen, wie von Urwaldäffchen?

Auf der Aussichtsplattform findet ihr Henneberg schließlich. Zu seinem schreienden Hemd trägt er eine Spiegelbrille.

»Ich kenne Sie nicht«, sagt er. »Was wollen Sie von mir?«

»Henneberg, du kannst doch nicht einfach verdampfen!«

»Wieso? Haltet ihr mich für spießig? Ich fliege jetzt für immer nach Bora Bora, ihr Fürze! Kokosnüsse, Sonne, Busen, noch Fragen? Alles runde und gesunde«, lacht Henneberg.

»Hula hula«, lacht Henneberg und tanzt ein paar Schrittchen. »Tutti Frutti«, sagt er. Dann friert er plötzlich ein.

Paul fragt: »Alles in Ordnung?«

Henneberg schweigt.

Gemeinsam seht ihr auf das Feld der Startbahnen hinaus. Ihr betrachtet die Spielzeugautos, die zwischen den riesigen, damenhaften Flugzeugen fahren.

Als der Nachmittag weich wird und Sonne aus den Wolken fällt, sitzt ihr draußen vor dem Imbiss 5000. Henneberg kann erst mal bei dir wohnen, das versteht sich von selbst. Nach dem vierten Bier knöpft er sein Hawaiihemd auf. Du entschuldigst dich und verschwindest hinter den Hochhäusern. Ihr seid drei Freunde in der Welt, man erwartet Wärme. Der Schneematsch verschwindet dahin, wo er hergekommen ist. Schon bald kann man wieder auf Wiesen schlafen. Wie lange hast du nicht mehr auf Wiesen geschlafen? Komm als Abenteurer hinter den Hochhäusern hervor. Guck am Morgen aus dem Fenster, ist es Magie, wie die Autos parken? Sieh Paul: Er fährt mit seinem Eiswagen vor. Sieh Henneberg auf deinem Sofa: Ungeschickt schlafend. Hör den neuesten Hit der Elektrozitronen, *straight on, straight on* (geradeaus, geradeaus).

Wasserleiche

»Es ist Zeit«, sagte Mo. »Wir sollten ihn bestrafen.«
»Wen?«, fragte ich.
»Na, ihn.«
»Erik Morlof, Sebastian Krüger oder William Brian?«
»William Brian«, sagte Mo.

Er schnippte seine Zigarette weg und steckte sich die, die hinter seinem Ohr klemmte, zwischen die Lippen. Das war Mo. Er stand einfach da in seiner dicken Thermojacke, die Red-Bulls-Kappe auf dem Kopf, die Zigarette zwischen den Lippen, und schwieg. Es reichte vollkommen aus. Mehr musste man in diesem Moment nicht tun. Eigentlich hieß er auch gar nicht Mo, sondern Mortimer, aber das war kein großes Thema für ihn.

»Ich heiße Mortimer«, sagte er, »und das ist für mich kein großes Thema, über das ich lang und breit sprechen möchte. Wenn mich jemand Mortimer nennt, sage ich: Das stimmt, ich heiße Mortimer, meine Freunde nennen mich allerdings Mo. Wenn du mein Freund bist, dann nennst du mich Mo, das ist alles. Mehr steckt nicht dahinter.«

»Okay, Mo.«

»Ich kann dich auch freundlich darum bitten, aber ich denke, das wird nicht nötig sein.«

»Nein, Mo, das ist nicht nötig. Ich verstehe, was du mir sagen willst.«

»Gut, dann hätten wir das geklärt.«

Das hatte er ganz am Anfang gesagt. Inzwischen kannten wir uns schon eine Weile und standen jeden Abend zusammen auf der Wiese vor unserem Wohnblock. Wir standen ein

Viertelstündchen, dann ging Mo seiner Wege, und ich ging nach Hause. So war es immer. Aber an diesem Abend kam es anders, an diesem Abend sagte Mo: »Es ist Zeit, wir sollten William Brian bestrafen.«

Wir überquerten die weite Betonfläche vor der leer stehenden Müllcontainerfabrik, und ich dachte, dass es gut war, wie wir hier so langgingen, Mo und ich. Der Himmel schwankte zwischen dunkel und hell, weit draußen konnte man die Umrisse der Wohnblöcke erkennen.

Wir betraten eine große Halle, in deren Mitte ein Sessel stand. Es war Mos Sessel, das merkte man sofort. Er setzte sich hinein. Aus dem zerbrochenen Fenster hinaus sah ich, dass seine Freunde im Anmarsch waren. Es waren ziemlich viele, und für einen Moment sah es aus, als wären es Tausende.

»Du musst dir keine Gedanken machen«, sagte Mo, »Du bist mein Freund, und ich möchte, dass die Jungs dich mögen.«

»Schon okay, Mo, ich mache mir keine Gedanken.«

Dann waren sie da. Sascha, René, Maik, Ronny, Rudi, Justin, Kai, Matze, Malte und Enrico. Mein Bruder Mario war auch dabei. Ich kannte jeden einzelnen von ihnen, aber ich hatte nicht gewusst, dass es Mos Freunde waren. Es kam mir vor, als wüsste ich überhaupt sehr wenig.

Wir setzten uns auf die beiden Matratzen, die vor Mos Sessel lagen. Sascha röstete Tabletten auf einem Stück Alufolie, dann holte er ein Plastikröhrchen raus und gab das Ganze durch. Wir inhalierten den Dampf. Als die Reihe an Mo war, winkte er ab. Er war kein Typ dafür, aber es war klar, dass ihn trotzdem alle respektierten. Sie waren selbst ganz anders, aber Mo war eben Mo.

»Es ist Zeit«, sagte Ronny, »William Brian zu bestrafen.«

»Absolut richtig«, sagte Rudi.

»Dito«, sagte Sascha.

»Vielleicht aber auch nicht«, sagte Enrico.

Wir sahen ihn alle an. Es klang ziemlich seltsam, was er da gesagt hatte, und ich merkte, dass wir jetzt alle auf etwas warteten. Mo hob die Hand. Bisher hatte er noch gar nichts gesagt, aber jetzt schaltete er sich ein, und ich glaube, wir waren alle froh darüber.

»Enrico?«

»Ja, Mo?«

»Das, was du da eben gesagt hast, Enrico, das finde ich nicht in Ordnung.«

»Nein, Mo?«

»Nein, Enrico, und ich sage dir auch, warum. William Brian, das wissen wir alle, verdient eine Strafe. Ich bin keiner, der große Diskussionen anfängt, aber William Brian kennt keine Skrupel, und deshalb verdient er eine Strafe, da erzähle ich uns nichts Neues. Und wenn du jetzt sagst, dass er ›vielleicht keine Strafe verdient‹, sagst du etwas, das ich ziemlich daneben finde. Weißt du, was ich dir damit sagen will, Enrico?«

»Ich glaube schon, Mo.«

Mo legte den Kopf in den Nacken und sah an die Decke.

Ein Stein kam durch das zerbrochene Fenster hereingeflogen. Ein weiterer Stein zerbrach eine der wenigen Scheiben, die noch nicht zerbrochen waren. Ich ging zum Fenster und sah, dass die Mädchen kamen. Es waren die Mädchen aus dem Heim. Ich erkannte Nicole, Moni, Bibi, Claudia, Anna, Hannah, Kassandra, Nina, Sandy, Ronja und Klara. Ich hatte das Gefühl, dass etwas Entscheidendes auf mich wartete, aber ich wusste nicht, was es war. Ich wusste nur, dass verdammt viele Menschen in der Gegend wohnten, und dass sie sich offenbar kannten. Ich hatte bisher nichts davon mitbekommen, und jetzt wollte ich herausfinden, was es damit auf sich hatte. Das war alles. Ich war jetzt hier.

Die Mädchen saßen zwischen uns auf den Matratzen und stießen mit Flaschen an. Ein Mädchen, es war Moni, saß direkt neben mir und machte ein klackerndes Geräusch mit den Zähnen. Sie ließ die Augen von links nach rechts wandern, lächelte und machte dieses Geräusch. Sie hatte das gewisse Etwas. Aber Nicole, die auf Rudis Schoß saß und den Kopf beim Lachen zurückwarf, hatte es auch. Sie ließ den Oberkörper zurücksinken und legte ihre Wange an Rudis Wange.

Dann hob Mo wieder die Hand.

»Ihr Lieben«, sagte er, »wir haben heute einen besonderen Gast.«

Jeder wusste, dass ich gemeint war. Ich lehnte mich zurück und steckte mir die Zigarette, die hinter meinem Ohr geklemmt hatte, zwischen die Lippen. Ich machte sie nicht an, ich steckte sie mir nur zwischen die Lippen. Ich wusste nicht, ob es richtig war, dass ich mich zurückgelehnt hatte, aber das mit der Zigarette war genau richtig gewesen. Ich spürte es.

»Er heißt Dennis, und ihr kennt ihn alle«, sagte Mo. »Aber ich glaube nicht, dass ihr wisst, zu was er fähig ist. Ich kann erst mal nur so viel sagen: Er ist heute unser Gast, und ich möchte, dass ihr ihn mögt.«

Alle nickten. Die Mädchen nickten etwas zögerlicher. Es schien mir, als hätten sie im Hintergrund Angelegenheiten laufen, von denen kein Mensch etwas wissen konnte. Aber sie nickten auch, und es war gut, dass Mo gesagt hatte, was er gesagt hatte. Ich wusste, dass ich jemand war.

»Auf unseren Gast«, sagte Kai.

»Auf unseren Gast«, sagte mein Bruder Mario.

»Auf euch alle«, sagte ich.

Wenn ich auch vieles nicht wusste, so wusste ich doch, was

Erik Morlof, Sebastian Krüger und William Brian getan hatten. Jeder wusste das, sogar der Himmel und die Sterne.

Ich hatte Erik Morlof, Sebastian Krüger und William Brian einmal gesehen, nachts aus dem Fenster. Sie waren auf den Wohnblock zugegangen und hatten mit ihren Taschenlampen in mein Fenster geleuchtet. Es war zu der Zeit, in der ich der Meinung war, dass es mich vielleicht gar nicht gibt. Ich lag abends im Bett, sah mit geschlossenen Augen mein Zimmer vor mir und dachte: Es gibt mich nicht. Dann machte ich die Augen auf und sah plötzlich diese Lichter im Fenster. Ich sah die drei Gestalten unten auf der Wiese und wie sie zielsicher in mein Fenster leuchteten. Am nächsten Morgen wusste ich nicht mehr, ob es ein Traum gewesen war, aber das mit der Wasserleiche war keiner.

Sie hatten Lilly Wirths unten im Fluss gefunden. Lilly Wirths aus dem Heim. Jemand hatte ihre roten Haare auf dem Wasser treiben sehen, und wir waren alle dabei, als die Polizisten sie mit einem langen Stock ans Ufer zogen. Ich versuchte, wegzusehen, aber dann sah ich doch hin, und ich sah, dass kein Ausdruck mehr in ihren Augen war. Sie war nicht mehr Lilly Wirths.

Erik Morlof, Sebastian Krüger und William Brian standen dabei, und jeder wusste, dass sie Lilly Wirths verführt hatten. Sie hatten sie in die Waldhütte gelockt und mit Wodka abgefüllt, dann hatten sie es getan. Auf dem Tisch. Und hinterher hatten sie sie abgemurkst. Sie hatten ihr die Pulsadern aufgeschnitten, damit es wie ein Selbstmord aussah. Sie hatten auch Kondome benutzt und überhaupt alles richtig gemacht. Drei alte Männer und die kleine Lilly.

Die Polizei hörte irgendwann auf, das Ganze zu untersuchen, denn Lilly Wirths hatte keine Eltern, die sich dafür interessiert hätten. Die Erwachsenen beschäftigten sich auch nicht damit, aber jeder wusste, wie es gewesen war. Jeder wusste, dass William Brian schon einmal wegen Körperverletzung gesessen hatte. Jeder wusste auch, dass Lilly Wirths Sängerin werden wollte. Es hatte nichts mit ihrem Tod zu tun, aber jeder wusste davon, sogar der Himmel und die Sterne wussten, dass Lilly Wirths Sängerin werden wollte.

Einmal hätte ich fast mit ihr geschlafen. Ich traf sie unten am Fluss, an einem der heißen Tage, kurz bevor sie ermordet wurde. Sie nahm mich mit in die Waldhütte, wo es angenehm kühl war. Wir setzten uns auf den Boden, und ich fragte mich, was sie mit mir vorhaben könnte.

»Ich habe etwas mit dir vor, Dennis, möchtest du wissen, was?«

»Klar.«

»Dazu musst du mir aber erst deinen größten Traum verraten.«

»So was habe ich nicht, Lilly.«

»Dennis«, sagte sie ernst, »warum lügst du mich an?«

»Mein größter Traum ist es, zu wissen, was du mit mir vorhast, Lilly.«

Ich fand, das war ein guter Kniff, aber sie seufzte über meinen Kopf hinweg und sagte: »So kommen wir nicht weiter.«

Es sah aus, als würde sie allerhand über mich wissen. Es sah aus, als würde sie mich lieben, und ich überlegte, ob ich dasselbe empfand. Ich überlegte, ob ich für sie durchs Feuer gehen und sterben würde. Ich war mir nicht sicher, aber ich hatte das Gefühl, dass ich nicht sterben wollte, es fühlte sich eher an, als wäre ich innen leer. Aber vielleicht liebte ich sie doch. Vielleicht liebten wir uns beide, und vielleicht wussten wir es auch, einfach wegen dieser ganzen Art und Weise, wie wir hier zusammensaßen.

»Wir sind Träumer,« sagte Lilly, »denn wir haben beide einen großen Traum. Und wir halten daran fest, was auch immer die anderen uns einreden wollen.«

Sie sah weiterhin über mich hinweg und schob ihr Kinn beim Sprechen etwas vor, das sah seltsam aus, aber auch schön.

»Ich habe keinen großen Traum, Lilly.«

»Schade Schokolade, dann wirst du auch nie erfahren, was ich mir für dich ausgedacht habe!«

»Dann eben nicht, Lilly, da kann man nichts machen.«

Jetzt sah sie mich noch ernster an, als sie mich eben angesehen hatte, so, als müsste ich noch sehr, sehr viel lernen. Dann holte sie einen Fettstift heraus und rieb sich die Lippen damit ein. Es war ein Erdbeer-Fettstift, das konnte ich lesen. Als sie fertig war, glänzten ihre Lippen.

Manchmal überlege ich, was damals mit uns los war. Es gab dieses Mädchen, sie hieß Lilly, und ihr Gesicht war sehr beweglich. Sie blies die Backen auf und zog die Augenbrauen zusammen, dann ließ sie die Backen mit einem Knallen platzen und rümpfte die Nase, und ich beobachtete sie dabei. Sie wusste das, deshalb ließ sie ihr Gesicht so spielen. Sie sah über mich hinweg, als stünde draußen jemand am Fenster, um ihr Zeichen zu geben, jemand, den wir beide nicht kannten, und den es eigentlich auch nicht gab. Das war mit uns los.

»Ich möchte Sängerin werden, Dennis, das ist mein Traum, und jeder weiß das, denn ich schäme mich nicht für meinen Traum. Ich bin ein Mensch, der zu seinen Träumen steht, Dennis.«

»Was für Lieder möchtest du denn singen, wenn du eine Sängerin bist, Lilly?«

»Liebeslieder und Lieder, die auf Partys laufen, Dennis.«

»Das ist ein schöner Traum, Lilly, ich habe auch einen

Traum, ich möchte Polizist werden.«
»Veräppeln kann ich mich alleine, Dennis.«
»Also gut, ich möchte Pilot werden, Lilly.«
»Du lügst.«
»Na gut, dann sage ich es dir ehrlich, Lilly, ich möchte der erste Mann auf dem Mond werden, das ist mein großer Traum.«
»Auf dem Mond war aber schon einer, Dennis.«
Wir drehten uns fürchterlich im Kreis. Sie sagte, dass sie mit mir schlafen würde, wenn ich ihr meinen Traum verrate, ich hatte aber keinen anderen Traum, als mit ihr zu schlafen. Und bevor ich mich entscheiden konnte, sie einfach zu küssen, kamen Erik Morlof, Sebastian Krüger und noch ein paar andere Männer herein, darunter mein Vater. Sie wollten Bier trinken und Karten spielen. Wir mussten raus.

Zurück beim Wohnblock dachte ich, dass Lilly Wirths wahrscheinlich doch ziemlich viel wusste. Sie war etwas Besonderes, das hatte sie gesagt, und ich war in der Hütte auch jemand Besonderes gewesen. Ich liebte sie, aber ich war mir verdammt noch mal nicht sicher. Ich wusste nicht, ob ich für sie durchs Feuer gehen würde, und wenn man jemanden liebte, musste man schon durchs Feuer gehen und sterben. Mo konnte mir nichts dazu sagen, denn er war nicht mehr da. Es war schon später, als ich vermutet hatte, an diesem letzten Abend mit Lilly.

Wir standen vor William Brians Wohnung, und ich musste den ersten Stein werfen. Die Scheibe rechts neben der Tür ging zu Bruch. Ich wusste, dass es die Küche war, denn unsere Wohnungen waren alle gleich. Hinter mir hörte ich den flachen, schnellen Atem der Mädchen, und es war gut, sie hinter mir zu wissen. Den zweiten Stein warf ich in das

Fenster links neben der Tür, und in dem Moment, in dem die Scheibe zersprang, fühlte es sich an, als hätte ich den Stein gar nicht geworfen. Meine Arme hingen unschuldig an meinem Körper herunter. Als ich mich umdrehte, waren die Mädchen weg. Es waren die Jungs, die schnell und flach atmeten. Mos und meine Freunde.

William Brian stand in der Tür. Er trug einen blauen Schlafanzug, ansonsten sah er aus wie immer. Es war der William Brian, den wir kannten. William Brian mit dem Schnurrbart und dem kleinen Kopf. Was mir Angst machte, war das Mitleid in seinen Augen. Er hatte einen der beiden Steine in der rechten Hand und sah mich an, als wäre ich derjenige, der etwas falsch gemacht hatte.

»Was machen wir denn jetzt mit dir, Dennis?«

Ich sah ihm fest in die Augen und schwieg. Seine Haare waren durcheinander, und weil sie im Licht des Wohnungsflurs leuchteten, konnte man sehen, dass sie alt und dünn waren. Jeder wusste, dass er mein Onkel war. Ich war sein Neffe, aber ich war auch derjenige, der sich getraut hatte, die Steine zu werfen.

»Wer hat dich dazu gezwungen?«, fragte William Brian.

In diesem Moment merkte ich plötzlich, dass auch die Jungs gegangen waren. Ich musste mich gar nicht umdrehen, ich spürte es einfach. Es war kühl geworden, und es war sehr still. William Brian hielt den Stein in meine Richtung.

»Was ist das? Was soll das?«

Ich hörte seinen Atem, aber da war noch ein anderer Atem. Als ich mich umdrehte, sah ich Mo. Er war einen Schritt zurückgegangen, aber er war noch da. Mo war noch da.

»Mortimer und Dennis«, sagte William Brian.

Wir saßen in seiner kleinen, beleuchteten Küche. Die Deckenlampe bewegte sich im kühlen Wind, der durch das zerbrochene Fenster hereinwehte. Es sah aus, als wäre ein Krieg ausgebrochen, und Mo und ich hatten eine Mission in diesem Krieg. Das war klar. Wir mussten herauskriegen, was hier gespielt wurde.

»Mortimer und Dennis«, sagte William Brian wieder, »ich glaube, dass ihr beiden euch sehr gut miteinander versteht.«

Er lehnte sich zurück, als hätte er etwas erkannt.

»Und weißt du auch warum, Dennis? Weil dich der Mortimer nicht im Stich gelassen hat, als du eben so alleine dort standst. Versteh mich nicht falsch, ich finde es überhaupt nicht in Ordnung, was du mit den Steinen getan hast. Das ist eine Geschichte, über die wir uns noch einmal unterhalten müssen. Aber dass der Mortimer dir beisteht, das finde ich mutig, und ich muss ganz ehrlich sagen, dass ich nicht weiß, ob ich als junger Kerl auch so mutig gehandelt hätte.«

William Brian hatte die Stimme einer Lehrerin. Er sah mickrig aus und hatte gerötete Augen, aber seine Stimme war die einer ganz normalen, gesunden Lehrerin. Die Stimme kam aus seinem Mund heraus, als würde sie gar nicht zu ihm gehören, und es schien mir, als wollte er sich dahinter verstecken.

»Mortimer und Dennis«, sagte er, »ich möchte euch etwas erzählen. Es geht dabei um meine Frau. Sie ist vor zwanzig Jahren gestorben. Ihr wisst das, und ihr wisst auch, dass sie Ingrid hieß. Oder ihr wisst es vielleicht nicht, aber ich erzähle es euch jetzt, und was ich euch erzählen möchte, ist, dass ich ihr die Arme und die Beine gewaschen habe, im Krankenhaus, Mortimer und Dennis. Ich habe sie jeden Tag besucht und ihr die Arme und die Beine mit einem Waschlappen abgerieben, denn sie war nicht mehr dazu in der Lage. Sie konnte nicht mehr gehen und auch nicht mehr sprechen, man hatte ihr den Kehlkopf entfernen müssen, wie ihr wahrscheinlich gehört habt. Manchmal glaube ich, dass es zu viele Gerüchte in dieser Gegend gibt, aber das mit meiner Frau stimmt zur Abwechslung einmal. Wie gesagt, ich wusch ihr also die Arme und die Beine. Ich wusch sie jeden Tag, und während ich sie wusch, redete ich mit ihr. Und obwohl sie bettlägerig war, interessierte sie sich für alles, Mortimer und Dennis. Sie interessierte sich für den Wetterbericht, und es interessierte sie auch zu hören, dass die Wohnanlage am Fluss, in der wir damals wohnten, neu gestrichen worden war. Die Wohnanlage war mit der grünen Farbe verschönert worden, die sie heute noch trägt, und wenn ich ›verschönert‹ sage, meine ich damit natürlich das Gegenteil. Um ehrlich zu sein, ist es so, dass ich dieses Grün grauenhaft fand und immer noch finde, und ich erinnere mich noch genau, wie ich damals zu meiner Frau sagte: ›Sie haben die Wohnanlage über unsere Köpfe hinweg neu gestrichen‹. Versteht ihr, was ich meine, Mortimer und Dennis? Ich war sauer, dass die Damen und Herren aus den oberen Etagen sich mal wieder keine Gedanken über die Meinungen und Ansichten der Bewohner gemacht hatten. Sie hatten die Anlage einfach streichen lassen.

Worauf ich hinaus will, ist aber, das meine Frau auch sauer war. Wir hatten so ein Zeichen verabredet, wenn sie nickte, war sie mit etwas einverstanden, wenn sie den Kopf schüttelte, bedeutete das, das sie mit etwas nicht einverstanden war. Und jetzt schüttelte Ingrid, meine Frau, entschieden den Kopf. Ich werde das nie vergessen. Es ist einer dieser Momente, die einfach bleiben. Magische Momente, Mortimer und Dennis. Ingrid konnte nicht mehr sprechen und nicht mehr gehen, aber das mit dem neuen Anstrich hatte man auch über ihren Kopf hinweg entschieden, und deshalb war sie zu Recht sauer. In diesem Moment hätte ich gerne die Damen und Herren aus den oberen Etagen ins Zimmer geführt, um ihnen zu zeigen, wie wütend Ingrid war. Gleichzeitig war es aber gut, dass sie sich aufregte, denn es zeigte mir, dass sich noch Leben in ihr regte. Die Flamme des Lebens loderte noch in ihr, sie hatte noch Gefühle, sie war noch meine Frau. Sie war noch meine Frau Ingrid, die ich einmal geheiratet hatte.«

William Brian beugte sich vor. Er schien etwas Bestimmtes sagen zu wollen, und es konnte nicht mehr lange dauern. Das spürte ich. Andererseits musste William Brian auch aufpassen. Er konnte uns keinen Apfel für ein Ei vormachen. Mo und ich saßen hier mit ihm am Tisch, und wir hörten ihm ganz genau zu. Die Lampe schaukelte, und William Brian hatte sich vorgebeugt, aber wenn er glaubte, dass wir uns einwickeln lassen würden, lag er vollkommen falsch.

»Mortimer und Dennis«, sagte er, »ich möchte mich kurzfassen, denn ihr seid junge Kerle und habt sicher noch etwas anderes zu tun. Außerdem glaube ich, dass ihr beiden ganz in Ordnung seid. Ich darf das sagen mit meinen fünfzig Jahren. Also zurück zu meiner Frau. Ich besuchte sie damals jeden zweiten Tag und wusch ihr die Arme und die Beine, und wenn ich das tat, dann tat ich es, weil ich ohne Wenn und Aber hinter ihr stand. So wie du, Mortimer, heute hinter deinem Kumpel Dennis standest. Darum ging es mir damals, und darum geht es mir heute noch, denn während wir drei hier zusammensitzen, Mortimer und Dennis, stehe ich in Gedanken immer noch hinter meiner Frau. Worauf ich aber hinaus will, ist, dass meine Frau dann verstarb, und dass es mir anschließend eine ganze Zeit lang ziemlich schlecht ging. Ich ließ mich gehen und blieb viel alleine in der Wohnung. Das ist eine sehr private Sache, über die ich nicht viel sagen möchte. Jedenfalls klingelte es ein paar Wochen später plötzlich an der Tür. Die ganze Sache mit meiner Frau hatte es mit sich gebracht, dass ich niemanden mehr kannte, deshalb erwartete ich keinen Besuch. Ich war ziemlich überrascht, als dann der Wohnungsverwalter vor mir stand. Hector Rengarten, ihr kennt ihn vielleicht. Ich hatte ihn bisher kaum kennengelernt, und er hatte es natürlich auch nicht für nötig befunden, mich nach dem Tod meiner Frau einmal zu besuchen. Er kam wegen irgendeiner Sanierung, die im ganzen Haus vorgenommen werden sollte. Und wie er da stand, und wie ich an der Hauswand gegenüber mal wieder dieses Toilettengrün sah, das sie gegen unseren Willen an die Wände geschmiert hatten, kam die alte Wut wieder hoch. Die Wut, die ich am Bett meiner Frau empfunden hatte, Mortimer und Dennis. Ich bat ihn rein, wir setzten uns hin, und ich versuchte natürlich, mich zusammenzureißen. Ich bin keiner, der sofort an die Decke geht, das kann man nun wirklich nicht sagen, aber als er dann mit dem Zettel herumwirbelte, den er unterschrieben haben wollte, war mir klar, dass ich ihn so nicht davonkommen lassen konnte. Ich musste die Sache mit dem Anstrich ansprechen, auch aus Verantwortung gegenüber meiner Frau heraus. Ich erzählte dem guten Hector Rengarten also die ganze Geschichte.

Ich erzählte ihm von Ingrids Waschlappen, den ich immer extra mit ins Krankenhaus gebracht hatte. Ich versuchte ihm das Ganze von Mensch zu Mensch nahezubringen, damit er es versteht, und als ich fertig war, sagte ich ihm, dass er mal für einen Moment ganz tief in sich hineinhören soll. Ich sagte ihm, dass er einmal wirklich aufrichtig sein soll, und wenn es das erste Mal in seinem Leben sein sollte. Das ist auch so ein Moment, der mir für immer im Kopf bleiben wird. Es ging mir ja schon lange nicht mehr um dieses Toilettengrün, versteht ihr das? Was ich euch hier erzähle, Mortimer und Dennis, ist eine dieser Geschichten, in der es um mehr geht, als man im ersten Moment denkt. Es ist eine dieser Geschichten, in denen es um etwas Bestimmtes geht, Mortimer und Dennis. Ich wollte einfach, dass so ein Mensch wie Hector Rengarten mal für eine halbe Sekunde sein Herz entdeckt. Das war es auch, was ich zu Hector Rengarten sagte. Ich zwinkerte ihm zu und sagte: ›Mein lieber Herr Rengarten, es geht mir jetzt nicht um diese Farbe, das kann man ja auch mit Humor nehmen, da kann man drüber lachen. Aber Hand aufs Herz, ist es ein Toilettengrün, oder ist es kein Toilettengrün?‹ Und was soll ich euch sagen, Mortimer und Dennis? Er sagte einfach nur, dass es sich bei dem Farbton um Aquamarin handele, und dass ich jetzt endlich mal den Zettel unterschreiben solle, wegen dem er gekommen war. Vollkommen trocken, ohne jedes menschliche Gefühl! Und da ist mir dann eben der Kragen geplatzt, Mortimer und Dennis. Da habe ich ihn dann krankenhausreif geschlagen. Ich habe meine Strafe dafür abgesessen, wie ihr wahrscheinlich wisst, und es war ja auch wirklich nicht die richtige Antwort. Nicht, dass ihr mich falsch versteht. Was ich euch mit dieser ganzen Sache sagen will, ist nur, dass es in gewissen Situationen sehr schwierig ist im Leben, und dass es nicht immer so ist, wie man denkt, dass es vielleicht sein könnte.«

William Brian lehnte sich zurück. Er sah seine Hände an, die er wie bei einem Gebet gegeneinanderlegte. Es schien ihm darum zu gehen, die Größe seiner beiden Hände zu vergleichen, zumindest sah es so aus. Aber ich glaube, er dachte insgeheim nach.

Dann sah er uns an und sagte: »Ich stehe immer noch hinter meiner Frau, Mortimer und Dennis. Ohne Wenn und Aber.«

»William Brian«, sagte Mo.

»Ja, Mortimer?«, sagte William Brian.

»Sagt Ihnen der Name Liliane Wirths irgendetwas? Ich

meine, klingelt bei Ihnen etwas, wenn ich mal so ganz nebenbei den Namen Liliane Wirths erwähne?«

»Natürlich, Mortimer, das ist das junge Mädchen, das vor einem Jahr Selbstmord begangen hat. Eine traurige Geschichte.«

»Mehr fällt Ihnen dazu nicht ein?«

»Mehr fällt mir dazu nicht ein, Mortimer. Ich habe mit dieser Sache nichts zu tun.«

William Brian sah uns ganz nüchtern an. Ich sah zu Mo, und ich sah, dass wir es beide nicht wussten.

Draußen vor dem Wohnblock trafen wir die anderen wieder. Sie kamen aus der Dunkelheit, in der sie offenbar die ganze Zeit gewartet hatten. William Brian saß noch immer in seiner Küche und sah durch das zerbrochene Fenster zu uns heraus. Er war zu weit weg, um uns zu hören, aber er sah zu uns raus. Für einen Moment hatte ich das Gefühl, dass Mo die Hand heben würde, aber dann rückte er doch nur seine Kappe zurecht.

»Mo«, fragte ich, »was hältst du von dieser ganzen Sache?«

»Was ich davon halte?«, fragte Mo.

»Ja.«

Alle sahen Mo an. Mo sah ein Stück an mir vorbei.

»Das kann ich dir sagen, was ich davon halte, Dennis. Ich glaube, dass du hier ein kleines, aber ganz gefährliches Spielchen mit uns allen spielst.«

»Was für ein Spielchen?«, fragte ich.

Darauf ging Mo nicht ein. Er sah mit seinem speziellen Blick in die Runde. Es war der Blick, der besagte, dass jetzt eine wichtige Angelegenheit geklärt werden musste.

»Also, wenn du mich fragst, Mo«, sagte Justin, »dann glaube ich, dass unser Dennis hier ein kleines Spielchen mit uns spielt.«

»Ja«, sagte Sascha. »Er geht ein ganz kleines bisschen zu weit.«

»Dennis?«, fragte mein Bruder Mario.
»Ja?«, sagte ich.
»Ich bin dein Bruder, Dennis, aber ich bin enttäuscht und traurig, weil ich der Meinung bin, dass du hier ein ganz kleines Spielchen mit uns spielst, Dennis.«
Das Nächste, was ich weiß, ist, dass mich jemand im Schwitzkasten hatte. Es war Maik. Weit, weit entfernt sah ich die Umrisse der Müllcontainerfabrik. Dann lag ich auf dem Boden und hielt mir den Kopf mit den Händen.

Als ich aufwachte, war es dunkel, bis auf ein Licht, das mich ansah. Es war der Mond.
Für eine Sekunde hatte ich gehofft, dass es Gott sein könnte, aber es war der Mond. Ich stand auf. Ich hatte mir nichts gebrochen.
»Mo?«, fragte ich.
»Ja, Dennis?«, sagte Mo.
Er stand etwas entfernt im Dunkeln. Sein Gesicht konnte ich nicht sehen, aber er war noch da. Auch die anderen waren noch da. Sie standen verstreut auf der Betonfläche vor unserem Wohnblock, und ich wusste nicht, was es damit auf sich hatte, dass sie so zerstreut im Mondlicht herumstanden. Sie sahen aus wie Tiere auf einer Weide, die zerstreut herumstehen, ohne etwas Besonderes zu tun.
»Mo?«, fragte ich wieder.
»Ja, Dennis?«
»Was ist mit Erik Morlof und Sebastian Krüger?«
»Was soll mit ihnen sein, Dennis?«
»Vielleicht ist es Zeit, sie zu bestrafen?«
»Dennis«, sagte Mo.
Das war das Einzige, was er sagte. Er sagte es sehr ruhig und sehr bedacht. Ich hatte das Gefühl, dass ich nichts damit an-

fangen konnte. Ich ging nach Hause. Ich lag in meinem Bett und sah mit offenen Augen mein Zimmer vor mir. Mario, mein Bruder, war immer noch unten. Mario, der mich heute Abend verraten hatte. Seine Bettdecke lag auf dem Boden, denn er strampelte sie nachts immer herunter. Ich versuchte, an etwas Schönes zu denken. Ich dachte an Lilly Wirths, und wie sie wohl gesungen hatte, in ihrem Bett aus Wasser, in ihren letzten Sekunden.

Bussardweg

1

Ich steige Bussardweg aus und sehe dem Bus nach, der auf der Landstraße zwischen den Schneefeldern verschwindet. Eingekeilt zwischen den Wäldern gibt sich die Welt hier keine große Mühe, das Licht schneidet wie Abfall durch die kahlen Bäume. An der Haltestelle hängen ein paar Dorfjugendliche rum und trinken.

Als ich auf den Hof zu trete, geht die Außenlampe an. Es ist unnötig zu klingeln, Charly hat den späten Gast schon gewittert und kratzt von innen an der Tür. Dann steht Elfrun im Rahmen. Alles an ihr ist müde, sie ist immer müde. Aber wenn sie auch nicht wie Charly an mir hochspringt, lässt sie mich doch mit weicher, verschlafener Bewegung herein. Depressive Menschen haben größere Verdauungsorgane, denke ich. Das ist meine Krankheit: Ich denke unangebrachte Sachen.

Ich ziehe meine Schuhe aus und nenne ihren Namen, Elfrun sieht mich schweigend an. Sie hat lange, weiße Haare und eine Warze über dem linken Mundwinkel, die ihr eine Art Würde verleiht. Die Küche ist mit Holzparkett ausgelegt, an der Wand hängt ein Kalender mit mythologischen Naturgedichten, bräunliches Obst liegt in einer Schale. Elfrun und Bob leben hier besser als die meisten. An der Decke hängt ein faszinierend ekliger Fliegenfänger. Auf dem Fensterbrett steht ein kleiner CD-Player, modernes Landleben. Elfrun kocht Kaffee und zeigt mir ihren Rücken, ich gehe hoch zu Bob. Er hat sein Zimmer oben, mit Blick auf die Felder. Dort stirbt er, schon seit ich denken kann. Ich wurde eingeschult, als er starb, und jetzt stirbt er noch immer.

»Hey Bob.«

Er liegt im Bett, bis oben hin zugedeckt wie ein Kind, und grinst mich an, als würde er auf eine Geschichte warten. Dabei ist er der Mann mit den Geschichten, Geschichten-Bob. Er hat noch mit Bill Haley zusammen gespielt. Er war Jahrmarktsboxer in Los Angeles, Kokaindealer und Fabrikarbeiter. Er war Saxofonist, Sportreporter, Mitglied einer Loge, Leichenwäscher, Hypnotiseur, Fakir, Tänzer und, wenn man das glauben kann, auch Astronaut. Aber das mit Bill Haley stimmt auf jeden Fall. Unter dem rechten Fuß hat er blaue Muster tätowiert, denn er hatte einmal ein Tattoo-Studio aufmachen wollen, sich eine Nadel gebastelt und an sich selbst ausprobiert. Solche Geschichten. Jetzt ist er achtundsiebzig und liegt grinsend im Bett.

»Wie geht's?«

Bob weigert sich immer, deutsch zu sprechen. Von ihm kommt dann nur ein Lachen oder Nicken. Diesmal ein Lachen. Charly, der mir gefolgt ist, zockelt träge aus der Tür und lässt uns allein.

»Dschääässss«, sage ich.

»Dschääässss«, sagt Bob.

Das kann man gut mit ihm, Sprüche machen. Ich frage ihn, ob es sich lohnt. Das geht auch, ganz Großes oder ganz Kleines kann man mit ihm bereden. Ich frage ihn, ob es sich lohnt, so ganz allgemein.

»Ich dachte, wenn man mal einen fragt, dann dich, Bob, wo du doch so viel erlebt hast.«

Er sieht mich mit glücklichen Augen an, gluckst und setzt sich auf. Er trägt ein Unterhemd, auf seiner verhärmten Brust liegt das silberne Kreuz seiner Kette. Das habe ich nie verstanden, warum noch die abgefahrensten Amerikaner immer was mit Jesus haben. Elfrun kommt rein und wischt Bob mit einem Waschlappen im Gesicht rum.

Bob lacht und sagt: »Oh man.«

Das sagt er andauernd. Wenn was von ihm kommt, dann meist diese gemütvollen Füllsel: *oh man* und *wow* und *allright*. Ich frage ihn noch mal, ob es sich lohnt, und er gibt mir eine klare Antwort, das erstaunt mich. Nämlich Gebäude. Das sagt er auf Deutsch.

Ich frage: »Gebäude, buildings?«

Und er sagt: »Yeah, right man, buildings.«

Elfrun faltet ihren Waschlappen zusammen und sieht mich an: »Gehen wir in die Küche und lassen ihn schlafen.«

Der Kaffee ist heiß, und der Hund ist ein Schatz. Eine wurstförmige Gutmütigkeit mit Überbiss. Man hatte ihn nach der Geburt einschläfern wollen, aber dann hat Elfrun ihn genommen und Charly genannt. Charly ist immer so müde wie sein Frauchen. Er gähnt und verkriecht sich unter dem Tisch.

»Weißt du, Elfrun«, sage ich, »ich finde es immer noch schön, wie ihr es hier habt.«

Elfrun sitzt schwer auf dem Stuhl, streicht sich das Haar zurück und fasst es im Nacken zusammen. Früher hatte ich in ihrer Gegenwart immer das Gefühl, es seien mindestens sechzig Prozent von mir anwesend. Also ziemlich viel. Jetzt weiß ich nichts zu sagen. Ich streichle Charly unter dem Tisch, erreiche aber nur sein Ohr. Eine lächerliche und unbequeme Bewegung.

Das Gästezimmer befindet sich ganz oben neben Bobs Zimmer und ist mit Gerümpel vollgestellt. Neben dem Bett steht ein Regal mit Sachbüchern. Kybernetik, Parapsychologie, dafür hat sich irgendwann mal jemand interessiert. Unter der Steppdecke wird mir schnell warm, eine befremdliche Wärme, obwohl es meine eigene ist. Von Bob ist nichts zu hören.

Vorletztes Jahr hat er noch gesungen. Überhaupt ist er ziemlich lange fit geblieben, wenn man bedenkt, wie viele Drogen er in seinem Leben genommen hat. Ich denke immer, dass das Leben Leute wie ihn belohnt. Andere spielen ihr Leben lang Badminton, messen regelmäßig den Blutdruck und sterben trotzdem früh. Weil sie zu bescheiden sind, auf eine geizige Art. Aber Bob ist ganz anders, vorletztes Jahr beim Frühlingsfest ist er sogar noch mal runter in den Hof und hat den *St. Louis Blues* geknödelt. Die Gäste waren begeistert, Freunde von früher, die wie jedes Jahr Fischsuppe, Reissalat und Tiramisu mitbrachten. Fackeln brannten. Einer hatte Bücklinge in einen Blumenstrauß eingeflochten, und das war ja schon ganz originell. Vielleicht eine etwas kümmerliche, aber eigentlich eine gar nicht zu verachtende Lebensfreude. Und diese Gäste standen auf beim Klatschen, denn Bob stand ja als beeindruckendes Männchen da, verschrumpelt und schwarz und weise, sich etwas puppenhaft verbeugend. Da dachten natürlich alle: Mann, der hat noch mit Bill Haley zusammen gespielt, da stehen wir mal auf beim Klatschen, weil wir selbst in unserem Leben nur Meisenknödel geknetet haben. Dass Bob nur mäßig sang, spielte dabei keine Rolle, denn er sagte zwischendurch immer *wow* und *allright*, und das klang dann eigentlich ganz gut.

Am nächsten Morgen riecht es im Bad nach Elfruns Shampoo. Unter dem Waschbecken liegen ihre Tampons, und ich denke sofort: Vielleicht hat sie heute einen drin. Ich werde nicht erwachsen. In der Küche bin ich erstaunt, Bob anzutreffen. Er sitzt einigermaßen aufrecht und wird von Elfrun massiert. Ich habe das Gefühl, dass gerade über mich gesprochen wurde.

»Good Morning «, sagt Bob.

Elfrun hilft ihm auf und bringt ihn zurück ins Bett. Als sie wiederkommt, stehe ich am Waschbecken und spüle. Ich bin entschlossen, mich nicht in Unwirklichkeitsgefühle hineinzusteigern. Das ist auch so eine Krankheit: Wenn man nur beobachtend herumhängt, meint man plötzlich, Hinweise auf alles Mögliche zu entdecken. Diese dumpfe, hypnotisierende Welt. Ich sage mir: Sei wach, nuschel nicht, nimm die Murmeln aus dem Mund, sieh den Leuten mal in die Augen. Ich trockne mir die Hände ab, drehe mich um und stehe gerade, ohne Spielbein.

»Bob geht es ganz gut, oder?«

Elfrun zuckt mit den Schultern und setzt sich. Ich setze mich ihr gegenüber.

»Verschickt ihr dieses Jahr keine Einladungen für das Frühlingsfest? Man muss doch feiern! Ich habe mich schon darauf gefreut!«

Elfrun sieht mich mit kleinen Pupillen an.

»Heute Nachmittag kommt Anja«, erklärt sie zusammenhangslos. Dann ergreift sie plötzlich meine Hand und drückt sie so fest, dass es wehtut.

Sie sagt: »Was willst du hier?«

2

Als ich aus dem Haus trete, habe ich das Gefühl zu wachsen. Ich fülle die beiden Eimer in der Scheune mit Körnern auf und gehe zum Hühnerhaus. Die Viecher hacken diese irritierenden Zuckbewegungen in die Luft und laufen unkontrolliert herum.

Sobald ich ihnen die Körner hinstreue, picken sie drauflos, wahnsinnig schnell. Wahrscheinlich würde es sich sonst gar nicht lohnen, sie picken ja immer nur ein Korn, diese unterentwickelten Batzen. Vielleicht eine Art Resteverwertung Gottes, die Hühner, wie wenn man beim Keksebacken noch ein bisschen Teig übrig hat, der in keine Form mehr passt und dann so kleine, blöde Popel daraus macht.

Hinter dem Hühnerhaus steht der aufgebockte, hundertjahregrüne Wohnwagen, in dem Anja und ich früher schliefen. Tagsüber war sie der Chef. Ich musste ihr auf allen vieren durchs Feld folgen, sie nannte mich Hund. Wenn wir hinten an der Pferdekoppel auf ältere Jungs trafen, tat sie, als liefe ich ihr ungefragt hinterher. Die Jungs lehnten mit den Armen über dem Zaun, und sie stand davor und redete mit ihnen. Ich stellte mich auch hin. Den Rückweg gingen wir normal. Nachmittags drang Madonnas Stimme aus Anjas Zimmer, und wenn sie barfuß herauskam, roch es nach Parfüm. Beim Essen blähten wir heimlich die Nasenlöcher auf und kicherten, bis Elfrun sagte: »Lasst das.« Wenn Anja im Wohnzimmer Ballett übte, lag ich flach auf dem groben Teppich, der mistig roch, wie alles in diesem Haus. Es roch nach Hund und nach diesen Menschen mit ihren einzigartigen Möbeln und Sätzen und ihrem ewigen Mais zum Abendbrot. Immer Mais. Wenn Anja fertig geübt hatte, sagte sie mir Sachen, die mich schockieren sollten. Sie saß aufrecht vor mir auf dem Teppich und sah die Spitzen ihrer Ballettschuhe an. »Hast du schon mal Scheiße gegessen? Du kannst es ruhig zugeben, jeder hat schon mal Scheiße gegessen!« Da fiel mir nie was zu ein. Ich wusste auch nicht, warum sie so was sagte. Aber an Sommerabenden im Wohnwagen unter der Decke kuschelte sie sich an mich, als wäre ich der Ältere, dann sagte sie plötzlich Sachen wie ›Ich bewundere dich, du bist so stark.‹ Wahrscheinlich probierte sie wahllos Sätze aus. Sie legte ihre Lippen an meinen Hals und ihr Ärmchen federleicht auf meine Brust. Mir war nicht ganz klar, was Sex ist, aber ich nahm an, dass das schon etwas in der Richtung sein musste. Wenn ich nachts aufwachte und es still war, schob ich meine Nase näher an ihr blondes, nach Ästen riechendes Haar und freute mich auf den nächsten Tag. Da könnte ich wieder Hund sein.

Als ich aus dem Hühnerhaus komme, fährt das Taxi vor. Eine junge Frau mit einer Sporttasche steigt aus, schmeißt die Tür zu und geht, die Tasche in der Rechten, auf das Haus zu. Sie trägt einen schwarzen Anorak und hat lange, blonde Haare. Ich erkenne sie an der Art, wie sie sie ist.

Kurz darauf komme ich in die Küche, aber da sitzt nur Elfrun und liest Zeitung, als wäre die Zeit eine Fliege, die man totschlagen kann.

»Ist sie gerade gekommen?«

Elfrun sieht auf und an mir vorbei. Ich drehe mich um und stehe Anja im Weg. Sie trägt eine etwas zickige Brille, aber es sind noch ihre Augen, die mich ansehen.

»Hallo«, sage ich.

Elfrun steht auf und kocht Kaffee, Anja und ich setzen uns, und bevor wir unser kleines Schweigen überwinden können, redet Elfrun drauflos wie früher, legt diesen familieninternen Klang in ihre Stimme, irgendwo zwischen plaudernd und ironisch und traurig. »Gut angekommen? Hunger? Müde? Käsebrot? Nudeln?«

Natürlich soll Anja erzählen, und das scheint ihr nicht schwerzufallen. Sie bringt ein bisschen London mit und Flughafen. Ihre Stimme ist angenehm laut in diesem versackten Haus. Ich frage etwas, aber meine Stimme verhungert, der Satz kommt nur halb raus. Beide gucken mich an.

»Egal«, sage ich. »Egal.«
Nach einer Weile ist meine Kaffeetasse leer, also muss sie jemand ausgetrunken haben, und das bin ja ich. Ich räuspere mich und rutsche hin und her, um dazubleiben. Mein Problem ist, dass die Gedankenstimme, die sich selbstständig macht, mehr ich selbst ist, als die, mit der ich sonst denke. Wie wäre es, jetzt aufzustehen und in den Fliegenfänger zu beißen? Wie wäre es, auf den Tisch zu steigen und zu sagen: Anja, ich würde so gerne deine Zähne lecken?
Als Elfrun die Küche verlässt, um Bob einen Tee zu bringen, gucke ich an die Wand. Anja guckt auch an die Wand.
»Du trägst ja Bart«, sagt Anja.
»Ja, stimmt«, sage ich laut. Ich sehe sie aus den Augenwinkeln an. Sie hat ein Bein hochgezogen und sitzt mir zugewandt, aber es ist kein Platz mehr, es ihr gleichzutun. Ihr weicher, eng anliegender Pullover zeichnet die leichte Wölbung ihrer Brüste nach. Ich frage mich, ob sie mich attraktiv findet. Manche Menschen fühlen sich ja ungeheuer von einem angezogen, der nichts sagt.
Plötzlich steht Elfrun in der Tür und sagt: »Notarzt.«

3

Die Familie ist oben, und ich stehe am Telefontisch im Flur. Anja hat mich angewiesen, einen Rettungswagen zu rufen. Über dem Telefontisch hängt ein kleiner Kalender mit Herbstimpressionen. Ich nehme den Hörer ab und wähle.
Als ich hochgehe, steht Elfrun in der Tür, sodass ich mich an ihr vorbeischieben muss. Anja sitzt am Fußende des Bettes. Ich trete zurück an die Wand und frage mich, was ich damit zu schaffen habe, mit dieser Familie, mit dieser dumpfen,

hypnotischen Welt. Sagbare Sätze sind jetzt an einer Hand abzuzählen. Ich denke kurz an Minigolf. Anjas Blick streift mich. Es steht ihr, todernst zu gucken. Bob liegt gekrümmt auf dem Bett wie ein Baby, er trägt nur Unterhose und Unterhemd, dennoch ist er schön, diese ganze Familie ist so abartig schön. Anja sieht zu ihrer Mutter auf: »Nein wirklich, Mama, ich glaube es geht ihm gut, wir sollten den Rettungswagen abbestellen.«

Bob kichert leise vor sich hin. Etwas verwirrt, aber das kennt man ja. Der Bluesman und Astronaut, voll von Sonnenfinsternis und Jazz und Liebe. Es scheint eher Elfrun zu sein, die Hilfe braucht. Sie verschränkt die Arme, als würde sie darauf bestehen, dass Bob einen Rettungswagen braucht, gleichzeitig guckt sie entschuldigend.

Zum Mittagessen gibt es Mais. Anschließend schlägt Anja vor, spazieren zu gehen.

Charly läuft zwischen den Feldern voraus, und wenn Anja ihn ruft, sieht er sich ganz erstaunt um, als hätte er gar nicht geplant, sich ins Feld zu verdrücken. Dann trippelt er mit scheinheiliger Beiläufigkeit zurück, um schließlich doch zu verschwinden.

Anja erzählt von den oberflächlichen Leuten in London, ist aber intelligent genug, das Wort *oberflächlich* zu vermeiden. Ich sage absichtlich Unvermitteltes: »Man müsste Minigolfbahnendesigner sein!«

Ich hoffe, ihr gefällt meine verrückte Art. Ich erzähle ihr von dem Parapsychologiebuch, das ich gefunden habe. Sie guckt, als würde sich mich mögen. Sie wirkt selbstsicher und hat sich gleichzeitig eine Unsicherheit bewahrt, finde ich. Ich sage: »Du bist dieselbe geblieben.«

Das ist mein Vorsatz für dieses Jahr, ehrliche Sachen sagen.

Weil ich es selbst mag, wenn Leute sagen: Hallo, schön, dass du da bist.

Anja guckt süß, das kann sie also auch. Wir gerieten in ein Weißt-du-noch-Gespräch und wissen noch, dass wir eine eigene Sprache hatten, zum Beispiel *Blapp*. Ich weiß, dass ich nur ein Junge war, der vor dem Radio in der Küche saß und sich nicht groß empfand, bis ich mit Anja rausging und wir *Blapp* sagten. Da waren wir wer. Wir hatten ein ganzes System, alles war entweder *Blapp* oder nicht. Im Wohnwagen las uns Elfrun zum Einschlafen Geschichten vor. Von der Prinzessin, die nicht mehr aus dem Bett kommen wollte, wenn sie keinen Schokoladenkuchen bekäme. Es gab aber im ganzen Land keine Schokolade. Schließlich brachte ihr jemand einen Zitronenkuchen und sagte, es wäre Schokoladenkuchen. Das Mädchen glaubte ihm und aß fortan jeden Tag fünf Zitronenkuchen, bis sie so dick wurde wie ein Wal und platzte.

Anja und ich lagen mit verknoteten Füßen im Bett und hörten zu. Bevor sie ging, streichelte Elfrun uns über den Kopf. Es wäre natürlich seltsam gewesen, wenn sie nur ihrer Tochter über den Kopf gestreichelt hätte, andererseits mochte sie mich vielleicht tatsächlich. Darüber habe ich damals nachgedacht. Anja erinnert sich nur noch an uninteressante Sachen.

»Elfrun hat sich irgendwie verändert«, sage ich.

»Keine Ahnung, was mit ihr los ist«, sagt Anja.

Wir erreichen den See hinter den Feldern. Er ist zugefroren, und eine ganze Menge Kinder in bunten Anoraks laufen darauf Schlittschuh. Sie schreien und haben jetzt ihre Kindheit. Anja und ich überqueren den See ganz langsam, Schritt für Schritt. Ein Junge, der offenbar niemanden zum Spielen gefunden hat, guckt uns an. Anja winkt ihm zu, das wirkt sehr erwachsen. Andere Kinder ziehen einen Hund am Schwanz übers Eis, und der Hund guckt sich ängstlich um. Zwei Jungen hauen mit Stöcken Löcher in die Eisdecke und befreien dadurch singende Töne. Wir drehen um, Anja nimmt meine Hand. Sonst passiert nicht viel, die Erde ist blau mit braunen Flecken.

Auf der Landstraße halten wir immer noch Händchen, und ich schlenkere mit dem Arm, um die Situation zu entkrampfen, nach dem Motto: Witzig, wir halten ein bisschen kitschig Händchen. Die Sonne steht uns gegenüber.

4

Im Flur sehen wir durch die halb offene Tür ins Wohnzimmer. Elfrun trägt ihren grauen Jogginganzug und steht da wie ein umgedrehtes L, die Hände ausgestreckt. Dann wie ein T, mit dem Rücken zu uns. Als wollte sie ein Gedicht tanzen, Buchstabe für Buchstabe. Elfruns Freundin Maria ist da und macht mit Elfrun Qigong oder Feldenkrais. Wir hören Marias erdsanfte Stimme und kichern beim Schuheausziehen. Anja stützt sich auf mich und lächelt mir komplizenhaft zu, ihre Blicke, ich kann es nicht anders sagen, berühren mein Herz.

»Geh schon mal in mein Zimmer, ich hole uns einen Wein!«

Ich gehe die Treppe hoch und sehe, dass Licht in Anjas Zimmer brennt. Als ich eintrete, fällt mir zuerst das Poster von Madonna auf. Anjas altes Bett mit der Pferdebettwäsche, die Parfümfläschchen auf dem Regal. Dann entdecke ich Jonas, der ganz still unter dem Fenster sitzt und grinst. Jonas ist Marias Sohn und etwas zurückgeblieben. Seine Stoffhose ist zu kurz, sein Pullover kariert und muttersöhnchenhaft. Sein Kopf zu groß und rot, seine Haare das, was rauskommt, wenn man beim Friseur sagt: einmal kurz. Er sieht aus wie früher. Ich setze mich aufs Bett. Als Anja mit dem Wein und zwei Gläsern kommt, lässt sie sich nichts anmerken und lächelt.

»Hallo Jonas, dich habe ich ja auch lange nicht gesehen!«

Jonas schweigt. Anja stellt Wein und Gläser auf dem Boden ab, macht leise Gitarrenmusik an und setzt sich zu mir aufs Bett.

»Magst du die Musik?«

Sie schenkt Wein ein, reicht mir ein Glas und wendet sich mir zu, im Schneidersitz. Ich tue es ihr gleich, und Jonas verschwindet aus meinem Blickfeld.

»Oder findest du, dass das Frauenmusik ist?«

»Nee, gar nicht«, sage ich. »Ich mag kitschige Musik, was soll man in einem Liebeslied auch anderes singen als *Du bist so schön* oder *Ich liebe dich?*«

Anja trinkt Wein und schenkt sich noch mal nach, stellt das Glas hin, zupft Flusen aus der Decke und hat plötzlich meine Hand in ihrer Hand. Sie streichelt sie, als gäbe es darauf auch Flusen. Ich nehme ihre Hand, drehe sie um und streichle ihre Handinnenfläche, so wie ich glaube, dass es schön ist. Sie sieht mich zweimal ganz kurz an, dann wieder auf die Bettdecke. Plötzlich zieht sie ihre Hand weg.

»Willst du auch ein Glas, Jonas?«

Jonas grinst nur. Anstrengend zu sein findet er offenbar besser, als gar nicht stattzufinden.

Anja sagt: »Wenn du kein Wort sagst, kannst du genauso gut runtergehen, Jonas. Weißt du, wir würden uns gerne ein bisschen unterhalten, und wenn du nur dasitzt und kein Wort sagst, ist es irgendwie blöd.«

Jonas grinst. Anja sieht mich an und zuckt mit den Schultern. Sie nimmt meine Hand, massiert meine Handinnenfläche, so wie ich es bei ihr getan habe, und ich sage: »Ich dachte schon, du magst das nicht.« In mir ist längst der große Körperwärmemagnetismus in Kraft. Ich will zu ihr rüberrutschen und stoße dabei die Weinflasche um. Als ich mit dem Handtuch vom Klo zurückkomme und auf allen vieren den Wein aus dem groben Teppich reibe, muss ich lachen.

»Weißt du noch, wie ich immer dein Hund war?«

Anja nickt: »Ich war manchmal ganz schön gemein zu dir, oder?«

Sei es wieder, denke ich. Ich belle. Ich wackle mit dem Hintern, wie Charly mit dem Schwanz, und lege auch den Kopf schief wie Charly, wenn er streichelbedürftig ist. Ich stupse Jonas' Beine an und knurre zu ihm hoch. Er grinst.

Ich beiße ihm in die Jeans, und er hebt das Bein und probiert, mich abzuschütteln.

»Hau ab, du Hund«, sagt er, und an der Art, wie er lacht, merkt man, dass er doch älter geworden ist. Einen Moment lang ist es, als wären wir Freunde. Ich krieche wieder zu Anja und schnüffle an ihren Füßen, an ihren gelben Socken. Ich beiße ihr in den Zeh, bis sie quiekt und ihn mir aus dem Mund zu ziehen versucht. Sie stößt mich vor und zurück, aber ich halte ihren Zeh fest. Dann gähnt sie, und wie sie dort an der Wand lehnt und gähnt, hat sie etwas Unerreichbares an sich, so eine Sauberkeit.

»Tut mir leid, dass ich es dir versaut habe«, sagt Jonas.

Ich sehe ihn an.

»Du wolltest sie natürlich ficken«, sagt er. »Ich würde Anja auch gerne ficken, aber das will sie nicht.«

Ich hasse ihn dafür, dass er dieses Wort benutzt, mit gepresstem Gesicht und spuckend.

»Ich habe noch nie gefickt«, sagt er.

Anja guckt mich müde an. Jonas sitzt auf dem Sofa unter dem schwarzen Viereck des Himmels und sieht jetzt, nach seinem Sieg, wie ein schicker Insider aus, der sich nur als Idiot verkleidet hat. Die Kassette läuft zu Ende, und als Anja sie nicht umdreht, ist der Abend gelaufen. Nicht viel ist passiert. Vom Mond aus muss es aussehen, als wäre noch viel weniger passiert. Aber was sieht man schon vom Mond aus? Vielleicht das Puffen der Weltkriege.

5

Am nächsten Morgen stehe ich mit nacktem Oberkörper Maria gegenüber, im Wohnzimmer. Maria erklärt, sie müsse mich erst *sehen*, bevor sie mich massieren könne. Sie hat eine Verbrennung an der linken Wange. Ein knittriger Fleck, der ein Eigenleben führt und sagt: Sieh mich an, bleib mit den Augen bei mir.
Maria nickt langsam und spricht aus der Stille heraus: »Leg dich hin.«
Ich lege mich bäuchlings auf die Matte in der Mitte des Wohnzimmers, mit Blick auf die kleine Andachtsecke, die Elfrun aufgebaut hat. Ein paar Kerzen auf einem Tisch und ein Foto von Bob, obwohl er noch gar nicht tot ist. Bob lächelt mir vom Foto aus zu. Maria kniet sich neben mich, ich höre das Glibschen des Öls, mit dem sie sich die Hände einreibt. Dann zupft sie meine Hose ein klein wenig runter, und dort, am Arschansatz, sind offenbar viele Nerven, jedenfalls ist es angenehm, als sie ihre Hand dort ablegt. Mit der anderen Hand klopft sie nach einem System bestimmte Stellen meines Rückens ab. »Du spürst meine Hände«, sagt sie. »Du spürst, dass ich dich berühre und dass auch du mich zurückberührst.«
Ich rieche ihren Atem, eine säuerliche Wärme. Dann fährt

sie mit der Hand in meine Jeans und legt ihre Hand auf meinen Arsch. Ich schrecke hoch und sehe Anja in der Tür.

Nachmittags gucke ich noch ein letztes Mal bei Bob rein. Ich winke ihm zu. Er sieht mich ernst an und nickt. Diesmal ein Nicken. Charly liegt platt und großzügig auf dem Boden ausgestreckt. Er wedelt schlapp mit dem Schwanz, zieht die Augenbrauen hoch und weiß, wer ich bin. Ich beuge mich runter und streichle ihn. Als ich an meinen Händen rieche, stinken sie.

Die anderen sind im Wohnzimmer, ich höre sie plaudern, habe aber keine Lust, noch einmal hineinzugehen.

Der Schnee blendet in der Nachmittagssonne, als ich auf die Straße trete. An der Haltestelle stehen zwei Typen und reichen eine Flasche hin und her. »Hey, du da«, ruft der eine. Ich sehe ihn an. Der andere nimmt ihm die Flasche ab und sagt: »Komm, lass den.« Als der Bus kommt, steigen wir ein. Ich setze mich ganz hinten hin, die beiden Jungs setzen sich in den Vierer vor mir. Der eine sagt zu seinem Kollegen: »Ey, ich rauch jetzt hier 'ne Kippe, was meinste, geht doch, oder?« Der andere sagt: »Klar, drück doch mal auf den Knopf, dann kommen die Aschenbecher rausgefahren.«

Ich sehe aus dem Fenster und muss grinsen, den Spruch finde ich irgendwie gut.

Malealea

1

Ach Afrika, würde ich gerne denken, in meinen Träumen war ich schon immer in dir, denn in dir habe ich es endlich begriffen! Der Elefant hat es mir verraten, erschreckend still im Dickicht stehend, und der Landwind Harmattan, vor dem die Erdmännchen in ihre Löcher fliehen. Schnell schnell, scheucht der Landwind, seht ihr nicht das scharfe Licht? Wie sich schwarze Wolken um die Sonne drehen?

Ach, in Afrika roch ich den Sommermonsun, von Südwest sich nähernd, rollend und grollend. Und da ahnte ich es schon, kurz bevor ich ihn sah, in der sekundenspaltenden Klarheit der ersten Blitze: Den ersten Menschen, ängstlich und anmutig zugleich. Und mich selbst habe ich natürlich auch begriffen, eigentlich habe ich alles begriffen. In Afrika.

So was würde ich gerne denken, stattdessen denke ich: Jetzt sind wir eben hier. Und zwar in Bloemfontein, Südafrika, vollkommen deplatziert.

Baumann und ich sind schon eine ganze Weile auf der Rückbank des VW-Busses eingequetscht. Der Fahrer lässt auf sich warten. Man will uns durch das Fenster Joghurts, Lutscher und kleine Radios hineinreichen. Sie kriegen das Schiebefenster immer wieder auf, und Baumann schließt es dauernd, auch wenn er dabei die Finger der Verkäufer einquetscht.

Endlich ist der Bus so überfüllt, dass es sich lohnt zu fahren. Der Fahrer taucht auf, und wir starten, das heißt, wir halten, und zwar an der Tankstelle, etwa eine Stunde lang. Wir werden von fünf Tankwarten bedient, die keine Eile kennen, der Fahrer verschwindet derweil in der Tankstelle, um ein Käffchen zu schlürfen. Für uns würde sich das Aussteigen nicht lohnen. Zu voll.

Später rast der Fahrer wie der Teufel. Wir fahren über Land, Land, Land, Land. Termitenhügel zittern unter der Sonne, irgendwie planetarisch, alles enormer und weiter, als man es kennt. Es ist das erste Mal zumindest ein bisschen fantastisch, auch wenn Baumann sofort wieder übertreibt.

»Ein Traum ist hier ein Ozean«, sagt er. »Und ein Pferd ist ein Berg!«

Ich habe meinen anfänglichen Ekel vor dem dicken Basothen neben mir abgelegt und genieße inzwischen die Enge im fleischwarmen VW. Es ist wie in einer indianischen Dampfsauna, sodass man fast das Kniejucken des Nachbarn spürt. Ich versuche, den Muff zu deuten, der aus dem Sakko des vor sich hinkauenden Basothen kommt. Es riecht nach allem möglichen: Nach Knoblauch, Uhrenöl, Bauernhauskeller, Wein, Brusthaar, Lack, Erde, Kupfer, Tier, Eisenbahn und Schlaf.

2

Grenze Lesotho, der Marktplatz von Maseru. Ein unabhängiges Königreich, in dem es keine Apartheid gab. Wir entknoten uns aus dem Gefährt. Baumann nestelt an seinem Geldgurt herum und lobt das schaumige Material, das die Genitalien schont: »Samtweich wie der Morgen!«

Die Jungs hinter den Marktständen starren uns an, denn wir sind die einzigen Weißen weit und breit. Bleiche, mickrige Touristen. Baumann gibt sich locker und verteilt ein *Hey man* hier und einen *Daumen hoch* da, und das ist wahrscheinlich ganz richtig, denn fast jeder spricht einen an oder will zumindest beachtet werden. Trotzdem stört es mich. Baumann wirkt in dieser Umgebung eher unsensibel als lässig. Er geht fragen, wann das Taxi kommt. Ich lade unseren Krempel an der Rückwand eines Telefoncontainers ab und sehe mir die dicken, zahnlosen Frauen an, die auf umgedrehten Eimern hocken und je zwei, drei Bananen anbieten. Vollkommen entspannt, als würden sie Zeiteier ausbrüten wollen. Sie verscheuchen nicht mal die Fliegen, die ihnen auf den breiten Nasen landen. Ich selbst sitze auf dem Gepäck und brüte nichts aus als die Unfreiheit, mich zu bewegen. Das ist alles eine Art Reportagenrealität: Wie die jungen Männer lachen und Spaßkämpfchen machen, die Mützen und Kappen schief auf den Köpfen.

Baumann kommt wieder und sagt: »Die verstehen mich nicht.«

Später führt er mit betonter Ruhe Stretchübungen aus, schickt sich zu einem Spaziergang an und schlendert wippend davon.

Irgendwann kommt ein aknevernarbtes Gesicht auf mich zu, ein kleiner, sehr breiter Mann in einer abgewetzten Bomberjacke. Augen hat er kaum, trotzdem zwinkert er. Ich grüße kurz zurück, sehe dann ins Feld und spüre die Langsamkeit, mit der er sich neben mir niederlässt, den Rücken am Telefoncontainer. Ich nehme wahr: Meine Überwachung aus den Augenwinkeln, meine intuitive Erfassung der Fluchtwege und des zu verteidigenden Besitzes. Sein Schweigen. Plötzlich lacht er ganz breit und zeigt auf den hinterletzten Stand am Weg hinauf zu den Bergen. Der letzte Stand vor dem Himmel, eine Plastikplane auf drei Stöcken.

»I have the smallest business in the whole world«, sagt er.

Seine drei Kinder, zwei Jungs und ein älteres Mädchen, sehen zu uns herüber. Mein neuer Freund zeigt wieder sein Elfenbeingrinsen ohne Augen, schüchtern und breit und seelenruhig. Ich probiere auch ein Lächeln und habe nicht das Gefühl, etwas sagen zu müssen. Der Mann ist die pure Ruhe.

»Where do you come from?«
»Germany«, sage ich etwas beschämt.
»Ooh, Germany is very good.«

Er macht einen warmen Brummton, und wieder wird lange nichts gesagt, schließlich gibt es auch so allerhand Geräusch, dazu die öligen Schwingen einer sich blind und raupenförmig herumtastenden, im Kreis kriechenden, schwubbelig schwabbeligen Zeit. Ich denke: Jetzt ist Entspannung angesagt! Wenn schon Tourist sein, dann wenigstens entspannt, und was sind schon zehn Stunden? Die Zeit kaut und äst und häutet sich und kratzt sich eine sirrende Sekunde vom Kinn, und deshalb nimmt sich mein neuer Freund Ramafelene Ntsohi eben ein Jahr, um zu erzählen, dass *Good Morning* auf Sesotho *Lumelang* heißt. Und dass er seine Butterkrapfen hauptsächlich in den Morgenstunden verkauft. Und dass er eines seiner Kinder später nach Deutschland schicken will, wo er jemanden kennt, der hier als Koch gearbeitet hat und sein bester Freund war, aber das ist lange, lange her.

Er pfeift auf einem Finger, und seine Frau kommt und bringt uns zwei Krapfen. Ich beginne mich tatsächlich wohlzufühlen, mehr oder weniger, dann kommt Baumann wieder und zerstört die Atmosphäre. Er hat sich einen kleinen Spitzhut aus Stroh gekauft, den traditionellen Mokorotlo, und sieht ziemlich beschissen damit aus.

»My friend Baumann.«
»Ramafelene«, sagt Ramafelene.

Baumann nimmt den Krapfen entgegen, der von Ramafelenes Frau gebracht wird, und untersucht erst mal, ob er auch sauber ist.

»Iss deinen Krapfen«, sage ich.

Zum Glück achtet Ramafelene gar nicht auf Baumann. Er fragt mich, welche Automarken aus Deutschland kommen, und als er die Automarken wiederholt, hört es sich an wie ein Gedicht. Ramafelenes junge Tochter mit dem Kleinsten im Arm sieht so zu uns herüber, dass ich sie gerne heiraten würde. Ramafelenes kiffende Freunde kommen zu uns und präsentieren ganz selbstbewusst ihr brüchiges Englisch. Das ist der beste Moment bisher auf der Reise, denke ich, jetzt bloß alles wahrnehmen! Ramafelene, der ruhige Mann am Berg, übersetzt einen Witz von Baumann, die Kiffer lachen darüber. Und ich denke: Bloß nichts übersehen, gleichzeitig aber auch entspannen, entspannen! Ruhe empfinden! Was sind schon hundert Millionen Jahre? Hektisch sind nur die, die vergessen wollen. Wer sich erinnern will, bleibt stehen, hält sich den Finger an den Mund und fragt diesen Mann, Ramafelene Ntsohi, wie seine Kinder heißen.

»Adamo, Taonga, Tinashe«, sagt er, und auch das hört sich an wie ein Gedicht. Adamo, Taonga, Audi, Opel, Tinashe, Mercedes.

Mir drängt sich die Vorstellung auf, dass außerhalb des Feuerscheins, hinter den Hütten, die Ahnen stehen. Sie murmeln und spucken in den Sand, und wer stirbt, der darf sich zu ihnen stellen und mit ihnen murmeln und tratschen. Wozu willst du heute noch nach Malealea, scheinen mich die Ahnen fragen zu wollen, ist es denn hier nicht schön warm und ruhig?

»Wann kommt das Taxi?«, frage ich in die Runde, aber die Ahnen kichern nur und rollen Wolken in ihren Handflächen, sie machen Regen im Land und flüstern kaum hörbar: Was will dieser nervöse Mensch, der so schwer da hockt, als könnte er sich durch sein reines Gewicht im Diesseits halten? Der sitzt da wie ein Sack und probiert Ruhe und Gelassenheit zu konsumieren, und dann jucken ihn die Sekunden wie Flöhe, seht euch das an: Da hockt er und kratzt sich! Warum will er immer nur ankommen, hat er gar nichts verstanden?

»Wann kommt das Taxi?«, frage ich, und die Ahnen reiben sich die Handflächen weiß und tratschen und schäkern auf ihre Ahnen-Art: Seht ihn euch an, seht ihn euch an! Wie die Spinne am Hüttendach krabbelt er herum und will Fliegen fangen oder fliegen lernen, am Faden baumeln, oder was will er hier? Hinterher ist das Netz doch sowieso leer, denn die Spinne hat sich im Bart eines Toten verfangen und linst von dort hinaus, auf das Netz am Hüttendach, das ganz verlassen glänzt. Ist er denn wirklich so blind?

Ich frage: »Kann mir jemand sagen, wann hier das Taxi kommt?«

Und die ganze Erwartung und Hoffnung, tratschen die Ahnen, das ganze Wissen verstopft seinen Kopf, wie ein Eintopf, der aus allen Rucksäcken quillt. Dann sitzt er wie ein Sack da, und sein Herz fühlt sich an, als wäre Geschnetzeltes drin, zu warm und zu viel, und er hat ja noch nicht mal im Ansatz verstanden, worum es geht, hier in Afrika ist alles Metamorphose, verdammt noch mal!

So formulieren die Ahnen, und ich frage: »Metamorphose? Was soll das bedeuten?«

Und Baumann sagt: »Mit wem redest du denn? Da kommt das Taxi, du Idiot!«

Und tatsächlich, da rumpelt der Taxibus ganz fröhlich um die Ecke. Der Fahrer springt raus und verschwindet für immer.

Na, was.

3

Im Scheinwerferkegel des Taxis können wir ein Scheunentor entdecken. Das Taxi entlässt uns und fährt zurück nach Maseru. Winzige Sterne stehen am Himmel und bilden ein unbekanntes Muster, auch wenn ich nicht sagen kann, welche Sterne woanders stehen müssten. Ein Hauch von Zauber in entzauberter Welt.

Wir kommen gerade richtig zum Abendbrot im großen Saal. Am Tisch nehmen wir Kontakt zu einer holländischen Reisegruppe auf und plaudern abwechselnd mit einem schwulen Pärchen und mit einer Familie samt Tochter, die unheimlich blond und wahnsinnig groß und sexy aus ihrem Jeansdress rausguckt. Daneben sitzt eine ältere, anstrengend bescheiden lächelnde Frau mit goldener Brille. Am Kopfende sitzt ein fetter Außenseiter, der sich nach dem Essen eine dicke Zigarre ansteckt. Er hockt einfach da mit seinem blaurasierten Doppelkinn, kaut die Zigarre und pafft dreist und herausfordernd vor sich hin. So sind die Leute, die da herkommen, wo wir auch herkommen, denke ich. Zwischen Baumann und mir sitzt ein nach Allergien aussehender junger Mann, der sich seinen Pudding so blond und rotköpfig und gepresst in den Mund löffelt, dass man den Eindruck hat, er würde gleichzeitig unter dem Tisch onanieren.

»A beautiful country«, sagt Baumann.

Die anderen nicken synchron. Ich selbst passe den Blick des Jeansmädchens ab, um im richtigen Moment ein Lächeln rauszuschießen. Sie sieht es, reagiert aber überhaupt nicht darauf. Das passiert mir andauernd: Ich lächle, aber die Leute lächeln nicht zurück. Auf dem Klo untersuche ich mein Lächeln vor dem Spiegel: Empfinde ich innerlich einen herzlichen Lächelimpuls, zeigt sich in meinen Mundwinkeln

allenfalls ein leidliches Zucken. Weniger durch meine immerhin neutral wirkenden Augen, als vielmehr durch meine in ihrer Gepresstheit schief wirkende Mundpartie. Ich stoße die Tür zum Saal auf und sehe den Holländern entgegen, wie eine des Scheinens nicht fähige Sonne der Welt.
»Very beautiful landscape«, sagt Baumann.
Das Gespräch ist stecken geblieben. Pudding kommt, anschließend Suff.

Morgens finde ich mich in der Normalität einer lichtdurchfluteten Rundhütte wieder, in der sich geistersprühendes Licht durch die Bastgardinen schneidet.
Nach dem Frühstück sammeln wir uns mit der Reisegruppe vor dem Haupthaus und warten auf unsere Bushman-Tour. Pfeifend kommt ein kleiner, aufgeweckter Kerl, etwa in unserem Alter.
»Hello, I'm Sammy«, sagt er. »I'm your guide.«
Sammy ist geschwätzig und flink und springt die großen Steinbrocken hinunter, zwischen denen kleine Flüsse verlaufen. Die Gruppe kommt kaum hinterher, kraxelt und schwitzt, während Sammy heiter vorausspringt und erzählt, dass er mal ein Buch über seinen Stamm schreiben will. Das soll ein Bestseller werden, danach will er nach England ziehen und neun Kinder kriegen. Wir nicken. Ich traue es ihm tatsächlich zu. Er scheint einer von den Menschen zu sein, die es irgendwie schaffen, einfach weil sie froh sind, offenherzig und schlau. Ganz hinten kraxelt der fette Außenseiter und schnauft. Neben mir geht die junge Holländerin.
»Ich hasse ihn«, flüstert sie mir zu und deutet auf den Außenseiter. Sie trägt wieder ihre knackengen Jeans und strahlt ungeheuer was aus. Ich meine: Sie ist jung und riesengroß und duftet nach Schweiß.

»Der schnauft immer absichtlich so, um die Gruppe zu nerven«, sagt sie. »Er nervt rund um die Uhr, beim Grillen frisst er allen die Würstchen weg. Dann nörgelt er und spricht den ganzen Abend nur von sich selbst. Außerdem sieht er mich immer notgeil an, einfach ein Arschloch!«

Sie lächelt.

»Verstehe«, sage ich.

Wir sammeln uns auf einer Plattform in der Mitte der Schlucht.

»Die Buschmänner«, erklärt Sammy, »die Buschmänner waren klein und hatten riesige Ärsche. In ihren Ärschen konnten sie Fett speichern, wie es die Kamele in den Höckern tun. Überhaupt waren die Buschmänner lustige Kerle mit einer ganz runzeligen Haut, die sich spannte, wenn sie sich richtig vollgegessen hatten!«

Sammy plustert die Backen auf und hält sich den Bauch. Er informiert uns auf die humorvolle Tour, überhaupt scheint er im Umgang mit Europäern sehr erfahren. Er kann sogar ironisch mit den Augenbrauen zucken. Wir lächeln vor uns hin.

»Auch bei der Jagd hatten die Buschmänner ihre ganz eigenen Methoden. Zum Beispiel haben sie einen Straußenkopf auf einen Ast gesteckt und sind damit gebückt in die Herde reingelaufen. Oder sie haben Edelsteine gesucht und damit die Giraffen überlistet. Die Giraffen sind nämlich Frauen, wie ihr vielleicht wisst. Man kann es an den Wimpern sehen. Die Buschmänner haben sich also im Gebüsch versteckt und so lange mit den Steinen gefunkelt, bis die Giraffen näher kamen, von der Schönheit angelockt. Dann haben sie ihre Giftpfeile abgeschossen. Die Buschmänner waren gar nicht so dumm! Sie haben auch Zebras gejagt, indem sie die Tiere ins Gebiet der Löwen getrieben haben. Wenn die Löwen sich dann sattgefressen hatten, blieben immer noch saftige Kadaver über.

Manche sagen, die Löwen ließen absichtlich etwas dran, weil sie wussten, wem sie die Mahlzeiten verdankten. Ihr wisst doch, dass Menschen und Tiere damals eine gemeinsame Sprache sprachen?«

Sammy guckt uns groß an. Dann lacht er plötzlich, und wir lachen auch. Ich denke: Ausgerechnet dieses Märchen konnte ich mir immer verdammt gut vorstellen.

Später dürfen wir uns selbstständig umsehen. Dunkle Wolken biegen sich um die Sonne und schmelzen, die Flüsse werden in rote Strahlen getaucht, aber das ist nur die Dämmerung, nicht der Monsun. Ich betrachte die geordneten Muster, in denen die Ameisen laufen, während ich selbst unkontrolliert Marlene anremple. Das holländische Riesenmädchen. Sie sitzt in der Hocke, streckt mir ihren Jeansarsch entgegen und scheint etwas zu begutachten, das sich auf einem großen Stein befindet.

»Guck mal«, sagt sie.

Es ist eines dieser Stäbchen-Insekten, die es hinkriegen, wie ein kleiner Ast auszusehen. Marlene hält ihre Arme um den Stein geschlossen und das Tierchen äugt nervös herum. Es macht einen auf Ast, ist aber erkannt und weiß das auch. Ertappt, wie das Kind im Marmeladenkeller. Dieser putzige Überlebenswille, denke ich, irgendwie eklig. Ich stelle mir vor, dass Marlenes Arme Muschas sind, so heißen die Berge, die die Welt umarmen.

»Guck doch«, sagt sie. »Wie niedlich!«

Sie wippt in der Hocke, und ich kann den Ansatz ihrer Arschritze erkennen. Sie sieht irritiert zu mir hoch.

»Marlene, denkst du nicht, das arme Tier stirbt fast vor Angst?«

In dem Moment erkennt das Ästchen seine Chance und hüpft weg. Marlene lacht mir ins Gesicht, dass ich zurückweiche und fast hinfalle vor Schreck.

4

Abends am Camp ist der Generator am Tuckern. Die Lichterkette flackert. Wir tragen Plastikstühle in den Schuppen und setzen uns hin, weil die Dorfjugend dort Musik machen will. An der Tür drängen sich schwarze Kinder, die sich nicht reintrauen, obwohl es ja ihre älteren Geschwister sind, die hier auftreten wollen. Schließlich schlurft ein Ansager vor das Publikum. Er trägt eine abgewetzte Lederjacke und guckt aus halb geschlossenen Chamäleonaugen.

»You are very welcome«, sagt er langsam und versichert uns ausführlich, wie willkommen wir in Malealea sind. Nach jedem dritten Satz fragt er: »Is that clear?«

Der Chor stellt sich auf und beginnt zu singen. Extrem tief hinten die Bassstimmen der Jungs, vorne die hellen Stimmen der kurz geschorenen Mädchen, das Ganze sieht erstaunlich aus, vielleicht, weil alle diesen lässigen Blick aufsetzen beim Singen. Sie sind wohl gewohnt, dass die Touristen nicht so recht mitgehen. Ich verliebe mich in ein Mädchen, das wie ein Junge gekleidet ist und so arrogant guckt, dass mir ganz anders wird in meinem Suff. Der Applaus ist anständig. Nach jedem Lied schlurft die Lederjacke vor das Publikum und teilt uns den Inhalt des nächsten Liedes mit, der jedes Mal daraus besteht, dass wir willkommen sind. Willkommen, willkommen.

»Is that clear?«

Merkwürdig, die Weißen sind schüchtern.

»IS THAT CLEAR?«

»Yes, yes«, sagen wir und nicken. Er weist uns auf die großen Sparschweinfässer hin, wo wir später was reintun können. Wir klatschen.

Dann ist der Chor fertig, und die Band fängt an. Diesmal

bin ich richtig von den Socken, nicht nur die Musik, auch das Aussehen der Band ist mehr als reine Unterhaltung. Das hier muss man schon Erlebnis nennen. Und ein richtiges Erlebnis ist nur noch zu toppen von einer Erfahrung.

Baumann hört gar nicht auf, sich über das Schlagzeug zu freuen. Es handelt sich um eine Regentonne, die mit Gummi bespannt ist. Der Drummer bearbeitet dieses Instrument mit zwei Fetzen aus Autoreifen. Er hebt die Tonne mit den Knien an, um den Bass zu variieren: Es knallt und rockt. Dazu zwei Bongotrommeln und vier Gitarren, also kleine Ölkanister mit einem Steg aus harter Pappe, darauf zwei Nylonsaiten. Einer der Gitarristen trägt ein Bärenkostüm, ein anderer eine Vogelmaske. Vorne tanzt ein kleiner Junge im Ausfallschritt hin und her und zuckt mit dem Arsch hinten rhythmisch hoch wie eine Marionette, ziemlich gymnastisch. Er lacht uns Sitzenden dabei dreist ins Gesicht, er lacht uns richtiggehend aus! So, dass ich immer steifer werde und mich nur über Baumann wundern kann, der überdreht aufspringt und in die Hände zu klatschen beginnt. Mir ist unwohl, aber ich tue es ihm gleich, schließlich wirken schon die restlichen Touristen verkrampft genug. Wir wackeln also möglichst musikalisch hin und her, aber es ist wohl zu gewollt, wie wir uns da schütteln, jedenfalls kann ich für meinen Teil die Barriere nicht überschreiten und bleibe der Schuldgefühl-Tourist, während die Jungs da vorne die animalischen Rocker sind. Da kann man nichts machen. Baumann hingegen kennt kein Schamgefühl, er schwingt die Hüften, während die Jungs ihre Lieder immer weiter in die Länge ziehen. Ich würde mich lieber wieder setzen, aber das wäre jetzt noch unangenehmer. Nach Ewigkeiten erscheint endlich die Lederjacke, um das Programm zu beenden.

»This band is called Basotho Sound. You are very welcome in Malealea. Thank you very much. Now you are going for supper. If you want to donate some money, you can do it. You are very welcome. Is that clear?«

Während wir zum Essen gehen, schnappen sich die Schwarzen die Stühle und gruppieren sich vor dem alten Fernseher, weitere Dorfbewohner strömen zur Hintertür herein, etwa zwanzig, dreißig sitzen also schließlich da und freuen sich auf *Titanic*. Für uns gibt es Braten.

Als ich nach dem Essen auf der Veranda rauchen will, steht Baumann schon da und hat sich mit dem Schlagzeuger von Basotho Sound angefreundet.

»Das ist David«, sagt Baumann. »Er baut diese Gitarren!«

Wir schütteln uns die Hand. David wirkt zurückhaltend, spricht aber gut Englisch.

»David hat eine kleine Werkstatt neben der Scheune«, sagt Baumann und wirkt ganz begeistert von seinem neuen Freund. »David hat gesagt, er holt gleich noch seine Freunde von der Band, und wir treffen uns bei unserer Hütte! Machen Musik, reden, trinken und so, stimmt's, David?«

David nickt, und ich staune über Baumanns Kommunikationsfähigkeit.

Wir hocken mit David und einem weiteren Musiker an der Feuerstelle vor unserer Hütte. Der weitere heißt Jussuff, er ist so sechzehn, siebzehn und spielt auf einer Art Geige. Ölkanister, Nylonsaite. Baumann spielt auf einer kleinen Tröte und wippt mit dem ganzen Körper. Irgendwie produziert er tatsächlich eine warme, interkulturelle Stimmung mit seinem Enthusiasmus. David und Jussuff scheinen ihn zu mögen. Baumann, den eigentlich niemand auf Anhieb mag. Nach der Musik will Baumann einen trinken. Party, wie man das kennt.

»Bier für alle«, ruft er.

Jussuff will lieber eine Cola, was witzig ist, weil Cola ja irgendwie Globalisierung ist. Andererseits glaube ich selbst nicht so richtig daran. Ich weiß nicht, was ich glauben soll. Cola oder nicht Cola? Ich habe durchgehend ein schlechtes Gewissen, dann wieder das Gefühl, dass gerade das unangebracht oder anmaßend ist.

Baumann verschwindet Richtung Bar und kommt mit allerhand Flaschen zurück, was die beiden irritiert. Es läuft darauf hinaus, dass Baumann sie mit seinem Interesse ein bisschen überfordert. Er bietet ihnen in einer Tour Zigaretten an und fragt sie, wie sie Weihnachten feiern und Ähnliches.

Jussuff erzählt, wie sie einmal mit der ganzen Band nach Australien eingeladen wurden, von einer Hilfsorganisation. Ich verstehe ihn schlecht, da er besser Englisch spricht als ich, aber ich sehe vor mir, wie das gewesen sein muss: Raus aus der Hütte, rein in den Flieger, eben noch Ochsenkarren, kurz darauf schon Klimaanlage und *scrambled eggs* im Flugzeug nach Australien. Ich kann mir vorstellen, dass das ein richtiges Erlebnis oder sogar eine Erfahrung ist, die man nach der Rückkehr mit dem ganzen Dorf teilen kann. Sodass alle Augen leuchten.

An uns scheinen Jussuff und David nicht wirklich interessiert. Ich gebe Baumann Zeichen, dass er mal mit seiner Ausfragerei aufhören soll, aber er scheint gerade das Gegenteil gedacht zu haben.

»Wie steht es mit den Frauen?«, flüstert Baumann mit hellen Augen. »Habt ihr Freundinnen?«

Jussuff versteht nicht oder will nicht verstehen, er wendet sich an David und wechselt mit ihm ein paar Worte auf Sesotho.

»Ja, er hat eine«, sagt David. »In Australien. Ich habe keine.«

»Aha«, sagt Baumann. »Stimmt es denn, dass man bei euch schon sehr früh heiratet? Mit neun?«

Wieder wechseln die beiden ein paar Worte. Jussuff zuckt mit den Schultern und antwortet in einem plötzlich sehr schlechten Englisch. Ich weiß nicht, ob ich es richtig verstehe. Er sagt: Früher war es schön. Abends gingen die Mädchen zu ihren Hütten, und wir folgten ihnen heimlich. Wenn sie alleine waren, kamen wir zu ihnen herein. Sie gaben uns etwas zu essen, dann legten sie sich hin und wir leckten sie.

»You licked them?«, ruft Baumann.

Jetzt haben die beiden endgültig keine Lust mehr. Jussuff guckt weg, und es entsteht eine Stille, eine Stille auf dem Dach Afrikas.

Später treffen wir Marlene an der Bar, sie kaut Biltong, dieses Trockenfleisch, das nach faulendem Puma schmeckt.

»Ihr habt wunderschöne Musik gemacht!«, sagt sie zu mir.

Ich bin gut zwei Köpfe kleiner als sie, aber sie sieht bewundernd zu mir herab.

»Kommt mit, wir feiern mit der Gruppe in der Scheune. Das Arschloch hat Geburtstag!«

Sie lacht und wirft den Kopf zurück. Ich bin berauscht davon, wie sie Arschloch sagt, sie sagt es immer wieder: »Das Arschloch, Arschloch, Arschloch hat Geburtstag!«

Wir nehmen unsere Literflaschen Bier entgegen und schlendern zur Scheune, aus der laute Dancemusik dröhnt. Einer dieser Sommerhits läuft. *Hey Baby, hey Baby, come and find me, always at the party.* Das Arschloch tanzt wie ein wild gewordener Bär in der Mitte der Gruppe, die anderen stehen verschwitzt drumrum und steigen dann plötzlich in eine Choreographie ein, die man schon ein paarmal geübt zu haben scheint. Der Allergiker tanzt zappelnd, die alte Frau mit der goldenen Brille zaghaft, die beiden Schwulen und Marlenes Eltern bewegen sich lächelnd und ein bisschen ironisch.

Marlene nimmt mich bei der Hand, mir bleibt nichts übrig, als Baumanns Hand zu ergreifen, sodass ich zumindest nicht alleine mit in die Runde gezogen werde. Marlene steigt voll ein: Sie schüttelt ihre Mähne und geht in die Hocke und rappelt sich schwungvoll wieder hoch und klatscht sich auf die Beine und schlägt den einen Arm über die Brust und den anderen darüber, und auf einmal reißen alle die Hände hoch und rufen: »Uhh ahh, hey baby!«

Ich trinke beim Tanzen, schlage mir die Flasche gegen die Zähne und nehme tiefe Schlucke, wie immer, wenn ich auf der Tanzfläche stehe und Lust habe, völlig auszuflippen: Haddaway, Ace of Base, Roxette. Das kommt mir plötzlich vor wie meine Welt, weil ich diese ganzen Hits aus Klassenfahrtszeiten kenne, als man das erste Mal Disco machte und der ganze Bauch kribbelte vom billigen Vanilleparfüm der Mädchen. Die Leute hier sind zwar um einiges kaputter und älter, lassen sich aber auch umso mehr gehen. Sie wollen ihre Reise genießen, und das hier ist offenbar genau das, was sie sich vorgestellt haben. Sie sind zu einer Gruppe geworden, im Laufe ihrer gemeinsamen Zeit, irgendwie liebenswürdig in ihrem Klischee.

Als die Hits gerade hundert Arme kriegen und sich selbst die Haare ausraufen wollen, geht plötzlich das Licht aus, Sekunden später auch die Musik. Alle klatschen. Der Generator wird um zehn Uhr ausgestellt, natürlich. Marlene umarmt mich. Sie beugt sich zu mir runter und ihre Zunge ist so weich, und es ist so verrückt und innig, eben wie beim ersten Kuss auf der Klassenfahrt. Wir reden nicht und wir sehen uns nicht, aber wir sind ganz bei uns. Heißer Atem, zwei Zungen. Drumherum Gejohle. Dann gehen Kerzen an, eine ganze Menge Kerzen, wie blinzende Augen. *Happy Birthday!* Und wir hocken auf den Plastikstühlen und singen und stoßen auf das Arschloch an, das betrunken, aber friedlich in der Ecke döst.

Später suche ich den Weg zu ihrer Hütte. Es ist Nacht, und die Grillen zirpen. Wenn man es nicht besser wüsste, könnte man meinen, das Gras würde singen. Marlene hat so eine Andeutung gemacht, sie müsste noch mal kurz in die Hütte, um etwas zu holen. Zwinker, zwinker.

Da bin ich also. Ich pinkle an einen Baum, lehne mich dabei zurück und fühle mich wie ein goldener Elch. Es ist keine Menschenseele zu sehen, aber aus einer der Hütten dringt schwaches Licht. Ich schaue mich um: Die Welt ist leer, nur die Landschaft schwirrt. Ich steuere auf die Hütte zu, ich nehme es in Angriff und höre mich selbst atmen. Es ist merkwürdig, aber ich gehe schneller, ich setze einen Schritt vor den anderen und bewege mich nach vorne. Ich steuere von einem Ort, an den ich nicht gehöre, zu einem anderen Ort, an den ich auch nicht gehöre, oder doch?

Dann sehe ich Marlene.

Eine Gaslampe brennt auf dem Nachttisch. Sie steht in der Mitte der Hütte und reicht fast bis zum Dach, es sieht aus, als müsste sie sich etwas bücken. Sie lächelt mich an, und sie meint tatsächlich mich. Es ist zwar auch niemand anderes da, aber sie meint mich, insofern, als dass sie wirklich mich meint, ganz persönlich. Es ist mir ein Rätsel.

»Marlene«, sage ich.

»Ja?«, fragt sie. »Was ist denn? Mhm?«

Sie lächelt hinterhältig, und dennoch kann ich ihr vertrauen, denn wir lieben uns, auch wenn es nur eine kleine, durchlässige Liebe ist. Sie will mir das Geheimnis zeigen, denke ich, sie will mir zeigen, dass ich kein Niemand bin, kein verweichlichter Nichtsnutz mit Visakarte, sie will mir zeigen, dass ich ein Mann bin, also voran!

Sie zieht ganz langsam ihre Jeansjacke aus und legt sie aufs Bett, zupft dann den Zipfel ihres schwarzen Pullovers aus der Jeans, ernst und lächelnd, gewissenhaft und leichtsinnig zugleich. Ich stehe noch immer wie erfroren. Sie zieht ihren Pullover ganz langsam hoch, ich sehe ihren weißen Bauch, ihren Bauchnabel, den zarten Flaum, ihr Fleisch, das sicher sehr warm ist. Sie neigt den Kopf und legt ihn schief und sieht mich die ganze Zeit an.

»Sieh hin«, sagt sie und öffnet ihre Jeans.

Es wird dunkel im Saal. Und was sich da eröffnet, das ist eine große, weiße Leinwand, auf der ein Piratenfilm beginnt. Das Piratenschiff nähert sich einer unentdeckten Insel, die als Hologramm am Horizont erscheint, aber als die Piraten endlich ankommen, verschwinden sie plötzlich und tauchen Jahre später als Bleifiguren in einem Geschenkartikelladen wieder auf. Und es ist ein Film über einen Archäologen in Ägypten, der nach Feierabend nicht mit den anderen im Lager sitzt, sondern noch mal zurückkehrt zur Ausgrabungsstätte. Er rollt sich wie eine Schnecke in seinen Schlafsack ein und schläft in der Grube, um in einer anderen Zeit aufzuwachen. Und es ist natürlich der Film über den Zwerg, der sich in den Kühlschrank setzt und die Tür hinter sich schließt, weil es dort so schön summt. Er will sich auflösen, in einem summendem Traum. Und es ist die Geschichte von dem Kerl, der ins Wasser geworfen wird, aber von einem großen Fisch geschluckt wird, sodass er drei Tage lang im Bett der warmen Därme schläft, ehe er in Neuseeland wieder an Land gespien wird. Es ist die tragische Komödie von dem Techniker, der mit einer Leiter zum Mond steigt und daran herumschraubt, weil er in das Loch hinter dem Mond krabbeln will. Er schraubt und stemmt und rackert sich ab, aber schließlich scheitert er an der Raffinesse des metaphysischen Drehverschlusses. Es ist die Geschichte vom Mond, der lacht wie der Bademeister am Himmel einer nackten Welt. Und im weiblichen Schoß treffen sich Gott und die Welt. Und es ist die Geschichte des Lebens, und die Geschichte des Lebens ist die Geschichte der Liebe, und die Geschichte der Liebe ist die Geschichte des Lebens, und das Leben ist das Leben, und es hat heute begonnen. Und wir leben, bis wir sterben. Ich liebe dich!

»Marlene, ich bin völlig verwirrt. Ich habe kein Konzept!«

Ich sehe ihre Brüste im weißen BH, zusammengedrückt von ihrer Bewegung, während sie im Begriff ist, den Pullover über den Kopf zu streifen. Und Kain erkannte sein Weib! Die ward schwanger und gebar den Henoch. Henoch aber zeugte Irad, Irad zeugte Mehujael, Mehujael zeugte Metuschael, Metuschael den Lamech. Und Zilla gebar auch, nämlich den Tubal-Kain, dessen Schwester war die Naama und die gebar den Jürgen, der lebte 807 Jahre und zeugte Söhne und Töchter.

»Ich will, dass du mich fickst«, sagt sie.

Ihre Nippel sind zu sehen durch den weißen BH, fast hat sie den Pullover ausgezogen, nur ihr Kopf steckt noch im Pullover. Ich sehe ihre rasierten Achseln und rieche ihren riesigen, jungen Körper, und ich strecke die Hand aus, mache eine Bewegung auf sie zu, schon im Schwindel der Geilheit. Dir zu, maskierte Wahrheit!

Und in der Tür stehen die Heiligen Drei Könige.

Und es sind Baumann, Marlenes Vater und das Arschloch.

Und der Vater sagt: »Was ist denn hier los?«

Und Baumann sagt: »Komm, wir gehen mal pennen.«

5

Mitten in der Nacht sehe ich Baumann im Kreis der Hütten stehen. Er betrachtet den Mond, die Hände hinter dem Rücken verschränkt. Unangebracht melancholisch, denke ich. Als betrachte er seinen Heimatplaneten. Reisender Baumann in seinem Jogginganzug.

Und als ich vom Klohaus komme, steht er noch sehnsüchtiger da, im zarten Trippeln der ersten Regentropfen, die sich schnell vermehren. Schwarze Wolken drehen sich um den Mond, alles beginnt zu schwirren und zu wispern. Schnell schnell, scheucht der Landwind Harmattan, seht ihr nicht das scharfe Licht? Spürt ihr nicht das Rollen und Grollen des Sommermonsuns?

Baumann steht als magnetischer Regenmann im Kreis der Hütten, und mir wird klar, dass ich keine Ahnung habe, was er denkt oder fühlt. Und wenn mir das schon bei ihm so geht, denke ich, wie sollte ich dann erst Ramafelene, David oder Jussuff verstehen? Man trifft sich so kurz, und dann sieht man sich nicht wieder. Und der Landwind Harmattan scheucht: Schnell schnell! Und Sphinx Baumann leuchtet in der sekundenspaltenden Klarheit der ersten Blitze. Affig und anmutig zugleich, denke ich, der erste Mensch, der begossene Tourist, und es ist kein Monsun, aber zumindest ein starkes Gewitter.

Es ist noch dunkel in Malealea. Der Taxibus kommt nur so früh. Baumann will noch einen Brief an David und Jussuff schreiben und ihn an der Rezeption hinterlassen. Er schreibt, dass er es sehr, sehr nett fand. *We hope to stay in contact.* Er setzt sogar seine Adresse drunter.

»Warum nicht gleich *God bless you*?«, frage ich.

»Ja natürlich«, sagt er und schreibt es drunter, und ich weiß nicht, ob ich das albern oder rührend finden soll. Gott segne dich, Gott segne euch, Gott segne mich, Gott segne sich.

Im Taxibus fahren wir dem Sonnenaufgang zu, dieser monströsen Täuschung in quietschenden Farben, und ein Kleinkind mit weißen Augen starrt mich an. Es streckt den Kopf von der Rückbank zu mir nach vorne und untersucht mich schamlos. Womöglich bin ich der erste Weiße im Leben des Kindes. Ich versuche zu lächeln, aber es klappt mal wieder nicht, also sehe ich raus: Neben den Straßen der Zug der Ochsenkarren, dahinter die Felder, die den Wellen der Landschaft angepasst sind. Sie haben noch etwas von der Nacht an sich, sie glühen und schwelen vor sich hin wie ein Van Gogh im Schatten. Schön eben: Am Abend ein schweigender Segen, am Tag ein zitterndes Lichtland. Es geht ungeteerte Straßen hinab, die mir im Flugzeug vorkamen, als hätte sie jemand mit einem riesigen Stöckchen in den Staub gemalt. Man sieht sie Kilometer voraus, und ich nehme mir vor, wenn wir gleich da ganz vorne sind, zu denken, dass wir jetzt ja da ganz vorne sind, aber als wir dann da ganz vorne sind, denke ich doch was anderes. Wo immer wir halten, kommen Kinder aus den Hütten gerannt. Säcke werden herausgereicht, und bevor wir richtig stehen, geht es mit noch offener Tür weiter.

Dann tippt mich etwas an, und als ich mich umdrehe, sehe ich, dass mich das Kleinkind anlächelt. Es lächelt einfach, obwohl ich gar nicht zurücklächle, und für einen Moment sitzen wir alle ganz still und friedlich beieinander: Baumann, der Fahrer, das Kind und die Basothen, nichts weiter als zehn Menschen in einem rasenden Bus.

Die Blumen

Als Frau Jenschs Enkelin einzieht, denke ich: Wer ist das denn? Ich habe nie mitgekriegt, dass sie sich mal um ihre Großmutter gekümmert hätte. Und jetzt stellt Frau Jensch ihr die große Wohnung im Dachgeschoss zur Verfügung. Charlotte Jensch, da steigt sie mit einem Langhaarigen aus dem Auto und guckt sich das Haus an. Sie trägt einen Pagenschnitt und hat die Hände ganz bockig in den Hosentaschen. Nur die Lippen geschminkt, allerdings zu rot. Sie will offensichtlich fremd erscheinen, schlendert etwas polnisch oder isländisch umher und guckt irgendwie New York. Aber mir macht man nichts vor, ich erkenne diesen speckigen Zug um die Bäckchen. Diesen Hauch von provinzieller Dummheit in ihrem jungen Gesicht. Ich stehe in der Haustür und sage: »Einen wunderschönen Guten Tag. Charlotte Jensch, nehme ich an?«

Sie sieht mich gelangweilt an und sagt: »Reality is a believe system.«

Da ist es klar, dass sie vom Dorf kommt. Dieses Früchtchen! Ich ziehe mich erst mal zurück, stehe allerdings kurz darauf wieder auf der Straße, denn sie macht einen Lärm, dass es schlicht nicht auszuhalten ist. »Hilf mal mit«, ruft sie und winkt mich heran. Und ich bin ein hilfsbereiter Mensch und lasse mir auch gerne ein Gemälde aus dem Kofferraum reichen. Nur, dass sie sich dann mit der Zunge von ihrem Freund verabschiedet, während ich mit dem Gemälde dastehe, finde ich schon etwas dreist.

Ich frage: »Was soll das eigentlich darstellen? Selbst gemalt?«

»Ja«, sagt sie, während sie vor mir die Treppe hoch geht. »Es heißt *Die Blumen*.«

Blumen kann ich allerdings nicht erkennen. Auch nicht, als ich das Bild oben in der Dachwohnung an die Wand lehne. Eher ein schwarzes Chaos, aber was weiß ich schon.

»Willste Bier?«

»Nein, danke«, sage ich. »Ich darf nicht mehr trinken.«

Charlotte Jensch hat sich schon eins geangelt und fläzt sich damit auf das Sofa. »Ich trinke ja gerne Alkohol«, erklärt sie. »Alkohol, LSD, Sex mit Tieren ...«

Ich sage: »Wie bitte?«

»Pff, ja klar«, sagt sie. »Obwohl eigentlich nur einmal, da haben wir diesen Hund gewichst, bis so ein bisschen Sperma rausgezuckt ist. Warum stehst du denn immer noch?«

Ich sage: »Ich bin im Begriff zu gehen, andere Menschen müssen schließlich noch arbeiten. Nicht jeder hat das Privileg, umsonst zu wohnen. Außerdem will ich jetzt nach Ihrer Großmutter sehen, der geht es nämlich nicht gerade besonders, falls Sie das schon mitgekriegt haben.«

Da sagt sie nichts.

Ich sage: »Na, dann leben Sie sich mal ein.«

Mindestens einmal am Tag sehe ich nämlich nach Frau Jensch, als verantwortungsbewusster Mieter ist das ganz normal. Sie sitzt immer hinter verschlossener Tür, also schließe ich auf.

»Hallo, Frau Jensch.«

Da sitzt sie wie ein Chamäleon in der Dunkelheit zwischen Zeitungen und Büchern. Etwas Licht fällt durch die Ritzen in der Jalousie, sodass man gerade ihre Augen erkennt. Natürlich schweigt sie, ich rede aber, sonst wird mir ganz unheimlich. Ich ziehe auch erst mal die Jalousie hoch, staune, wie energisch der Tag hereinschnalzt.

»Sehen Sie doch mal die netten Kinder im Hof«, rufe ich. »Wie die schreien, dass einem ganz gelb vor Augen wird! Die müssen noch viel schreien, und Sie, Frau Jensch?«

Frau Jensch äußert sich nicht. So geht das immer. Ich überlege, das Fenster zu öffnen, aber das wäre vielleicht doch noch etwas kühl. Ich sage: »Also gut, den Wasserkasten habe ich geholt, bei der Apotheke war ich, das Stumpfpflegemittel, den Müll trage ich gleich raus, vier Dinge waren zu erledigen, was noch?«

Die Post. Ich gehe also zu den Briefkästen im Hof, aber natürlich gibt es wieder keine Post für Frau Jensch.

Am Montag helfe ich Charlotte Jensch und transportiere Sperrmüll mit meinem Auto in ihre Universität. Sie hat mich darum gebeten. Ich sage: »Kein Problem, man hilft sich im Haus, wie gefällt Ihnen denn die neue Wohnung?«

»Puh, na ja«, sagt sie auf dem Beifahrersitz, »die Wohnung an sich ist geil, aber es ist einfach zu heiß unter dem Dach, da läuft einem der Saft nur so runter, da schwitzt man so, dass man die Klamotten auswringen muss, am besten bleibt man gleich nackt.«

Vorne an dem Gebäude der Hochschule für Bildende Künste steht: *Dem lebendigen Geist*.

Im Aufzug schweigen wir. Zwischen uns die Kiste mit den Sperrmüllbrettern, von denen ich mich frage, was sie damit will. Ich trage ihr die Kiste aber bereitwillig hinterher und stelle sie in einer der Werkstätten ab. »Hier arbeiten Sie also?«

Keine Antwort. Charlotte Jensch zieht sich nur ein schickes Käppchen über und betrachtet einen Haufen Schrott, der sich noch zu wehren scheint und keine Kunst ergeben will.

Ich sage: »Kennen Sie August Macke?«

Keine Antwort, sie streckt ihre rot geschminkten Lippen

lustlos in den Raum und sieht an mir vorbei. Oben in der Ecke des Raums hat sich ein Bengel auf einem Podest installiert und schmiert Schokolade an die Wand. Ein anderer filmt die Sauerei.

»Du bist ja immer noch da«, sagt Charlotte Jensch plötzlich.

Und da platzt mir der Kragen. »Du verzogenes Luder«, sage ich. »Du verwöhntes Balg!«

Selbstverständlich reiße ich mich sofort wieder zusammen, aber alles was recht ist, denke ich, was ist das denn für ein Benehmen?

»Ich fahre Ihnen ihre Gegenstände hierher, und Sie sagen nicht mal Danke?«

Sie runzelt die Stirn.

Ich drehe mich um und gehe.

Nachmittags, ich habe mir die Schürze umgebunden und wasche gerade ab, klingelt es an der Tür. Sie steht in Unterhemd und Jogginghosen vor mir, barfuß.

»Das tut mir alles sehr leid«, sagt sie und zieht eine Schnute. Mein Wasserkessel fiept, also gehe ich in die Küche und nehme ihn vom Herd. Und als ich mich umdrehe, sieht sich dieses Mädchen ganz selbstverständlich in der Küche um. Fragt nebenbei: »Hast du Brot, ich habe kein Brot mehr, kannst du mir Brot geben?«

Ich sage: »Daher weht also der Wind! Was ist das denn! Vielleicht will ich Ihnen ja gar kein Brot geben? Vielleicht habe ich gerade gar nicht so richtig Zeit, können Sie sich das vorstellen?«

Kurz darauf stehe ich aber bei ihr vor der Tür. Die Sonne hat tagsüber auf dem Glasdach gebrütet und den Treppenabsatz erwärmt. Sie kann ja nichts dafür, sage ich mir. Wahrscheinlich hat sie nie eine starke Hand erfahren, wahrscheinlich muss man ihr einfach mal fest gegenübertreten, in aller Freundlichkeit.

Mir öffnet ein nackter Mensch. Es ist der Langhaarige. Ich brauche natürlich einen Moment, ehe ich mich fange.

»Oh, du«, flötet Charlotte aus dem Inneren der Wohnung. Sie liegt in Shorts und T-Shirt auf dem Sofa, späht zu mir herüber und hebt immerhin den Kopf. Der Langhaarige geht wieder rein, also folge ich ihm, so macht man das ja offenbar. Ich setze mich einfach auf einen Stuhl und bin um einen sachlichen Tonfall bemüht.

Ich sage: »Es tut mir leid, wenn ich Sie angefahren habe, Charlotte. Aber ich bin ehrlich der Meinung, Sie könnten etwas mehr Respekt im Umgang mit anderen, zugegeben älteren Semestern an den Tag legen. Freundlichkeit ist nicht immer nur eine Phrase, wie Sie vielleicht denken.«

Sie nickt und setzt sich zu meinem Erstaunen sogar anständig hin, stützt sich mit den Händen auf das Sofa und hört mir zu. Ich sage: »Vielmehr kann auch ein einfaches, Ihnen vielleicht altmodisch erscheinendes Dankeschön manchmal wahre Wunder wirken!«

Jetzt werde ich versöhnlicher. Ich winke mit dem mitgebrachten Baguette. Der Langhaarige nimmt es mir gleich ab, bricht und verteilt es, nackt wie er ist. Dann bringt er einen Topf Kochwürstchen aus der Küche. Charlotte nimmt sich eines, beißt hinein und nickt mir kauend zu. Und warum eigentlich nicht?

Ich nehme auch mir ein Würstchen und sage: »Ich bin übrigens der Marcel. Wir können uns ruhig duzen, so viel älter bin ich ja nicht.« Ich sage: »Ich bin der Marcel, und es ist ja nicht so, dass ich euch nicht verstehe.«

»Tatsächlich?«, fragt Charlotte mit vollem Mund.

»Ja, was denkst du denn?«, sage ich. »Es gibt eben nur gewisse Spielregeln, Höflichkeit ist, zumindest sparsam benutzt, kein Laster, sondern kann manche Barriere zwischen Menschen überwinden.«

Da zeigt sie mir ihre Vagina.

Da sitzt Charlotte Jensch breitbeinig auf dem Sofa, sieht mich ernst an und zieht ihre Shorts vorne ein wenig zur Seite, als wolle sie sagen: Guck mal, meine Vagina. Der Langhaarige steht auf, schlendert zum Kühlschrank und kommt mit einem Bier zurück.

Ich sage: »Aha! Ihr wollt mich also schockieren! Da kennt ihr mich aber schlecht, damit schockiert ihr mich nun wirklich nicht!«

Ob ich ein Bier will, fragt der Hippie, ich sage: »Auch das! Überhaupt«, rufe ich ihm hinterher, »denkt ihr, ich verstehe keinen Spaß?« Ich schüttle lachend den Kopf und sehe Charlotte an, die jetzt im Schneidersitz sitzt und guckt, als wäre nichts gewesen. Der Langhaarige reicht mir ein Bier, setzt sich und beginnt, Charlotte am Ohr zu lecken. Sie schließt die Augen und formt ihren Schmollmund zu einem Lächeln. Ganz niedlich eigentlich, denke ich. Sie könnte ein ganz nettes Mädchen sein. Aber soll ich mich davon beeindrucken lassen? Von seinem zugegeben recht ordentlichen Genital? Er verbeißt sich an Charlottes Hals und fummelt ihr unter dem Hemd herum, lässt dann aber plötzlich von ihr ab und sieht mich an. Mit seinen blauen Augen. »Was ist, willst du mitmachen oder gehen?«

Ich sage: »Ja, dann lasse ich euch jetzt mal alleine.«

Dienstagnachmittag ziehe ich meinen alten Mantel an, gehe rüber zum Supermarkt und hole mir eine Flasche Branntwein, warum nicht? Der Himmel blau. Zu Hause lasse ich den Abwasch stehen und gieße mir ein Gläschen ein.

Als ich später mit der Flasche hochgehe, höre ich leise Musik. Ich schwitze in meinem Mantel, drücke auf der Klingel einen Rhythmus, und mache mich bereit, die Tür von einem nackten Menschen geöffnet zu bekommen. Es öffnet aber niemand. Ich klingle erneut, dann höre ich genauer auf die Musik und denke: Sollten Sie etwa?

Tatsächlich, die Musik kommt von unten. Ich gehe also runter, und was muss ich unten sehen? Die Tür zu Frau Jenschs Wohnung steht offen. Auch die Tür zum Hof, das kann normalerweise nicht sein.

Da sitzen die beiden mit Frau Jensch am Gartentisch, bei einer Flasche Likör, als wäre das die richtige Art, sich um eine alte Dame zu kümmern. Charlotte kichert und sagt: »Was hast du denn für einen komischen Mantel an?«

Auch Frau Jensch und der Hippie kichern.

Ich sage: »Es ist ja nett, dass ihr hier ein bisschen gemeinschaftlich seid, aber jemand sollte auch an die notwendigen Sachen denken! Vier Dinge sind zu erledigen ...«

»Den Wasserkasten habe ich schon geholt«, sagt Charlotte. »Den Müll habe ich rausgebracht, bei der Apotheke war ich auch, das Stumpfpflegemittel, was denn bitte noch?«

»Die Post«, sage ich, »aber keine Sorge, das mache ich schon selbst!«

Und ich sehe nach der Post. Ich öffne den Briefkasten, der wie immer so leer ist wie mein eigener, gerade mal der Reklamezettel vom Fleischmarkt ist drin. Ich lese ihn. Dann knülle ich ihn zusammen und muss plötzlich lachen. Sie halten mich für langweilig! Nur weil ich auf ein oder zwei Werte achte!

Ich gehe zurück, nehme Charlotte den Branntwein aus der Hand und sage: »Zur Mitte, zur Titte, zum Sack, zack, zack!«
Ich trinke einen tiefen Schluck, hole mir einen Stuhl und

setze mich neben Frau Jensch. Ich klopfe ihr auf den Rücken: »Alles frisch in der Kaserne?«

Da gucken alle belämmert. Und als ich Strippoker vorschlage, wissen sie gar nicht, was sie sagen sollen.

Ich sage: »Na, dann werde ich die Karten mal holen!«

Dann erst merke ich, dass sie mich gar nicht beachten. Sie gucken nicht belämmert, sie sehen durch mich hindurch und sprechen über ein ganz anderes Thema.

»Das Unsichtbare haftet am Totalen«, sagt der Hippie.

»Die Malerei ist das Totale am Unsichtbaren«, sagt Charlotte.

Und ich merke, wie sich etwas in meinem Rücken löst. Ich sinke richtig im Klappstuhl zusammen, plötzlich unheimlich erschöpft. Ich fasse den Hippie am Arm, ich sage: »Was ist eigentlich mit euch los? Habe ich euch irgendetwas getan? Wollt ihr nicht mit mir reden?«

Ich sage: »Frau Jensch, habe ich Ihnen nicht immer geholfen? Warum ignorieren Sie mich ständig ...?«

Frau Jensch hat ein ganz teigiges Gesicht, wie eine Maske, unter der sich ein Schauspieler versteckt. Auch Charlotte wirkt falsch. Sie hat ein Bein auf dem Stuhl, stützt ihren Kopf auf ihrem Knie ab und sieht mich an, mit ihren blauen Augen. Der Hippie beugt sich vor, als wäre er bereit mir zuzuhören. Ganz sanft, aber unendlich entfernt.

»Was seid ihr für Menschen?«, frage ich. »Warum sagt ihr nichts?«

Es hat aber keinen Zweck, sich mit diesen Leuten auseinanderzusetzen, das sehe ich schließlich ein. In der Nacht sitze ich lieber wieder vor meiner Staffelei, in einer Hand den Pinsel, in der anderen den Branntwein. Ich stelle die Landschaft fertig, an der ich schon länger male. Eine Blumenwiese, etwas expressiv, aber nicht unrealistisch. Ich kämpfe noch mit den Farben, aber so langsam ergibt das Ganze Sinn. Wenn es fertig ist, soll es aussehen, als könnte man geradewegs hineingehen und zwischen den großen, knallroten Blumen verschwinden.

Hey Hoppmanns

Die Hoppmann-Brüder haben beide Bomberjacken: Außen blau und innen orange. Der eine sieht klein aus in seiner Jacke, denn er ist klein, der andere groß, denn er ist groß.

Wenn die Hoppmann-Brüder ins Jugendzentrum kommen, sagt die Sozialarbeiterin: »Hey Hoppmanns, wollt ihr bei der Radiowerkstatt mitmachen?«

Auf dem Sofa sitzt der Zivildienstleistende und sagt: »Au ja«, und auch die Hoppmanns haben nichts dagegen, also sitzen sie vor dem Bandschneidegerät und machen Radiowerkstatt. Oder sie sitzen in einer Seifenkiste und fahren den Berg runter, der eine sitzt vorn, der andere dahinter, unten an der Straße steht der Zivildienstleistende und guckt, dass keine Autos kommen. Der Zivildienstleistende ist nett und nimmt die Hoppmann-Brüder mit in den Imbiss und vergleicht sein Schnitzel mit dem Geschlecht einer Frau. Da lachen die Hoppmann-Brüder. Die Sozialarbeiterin ist auch nett: Sie ist dick und lackiert sich die Fingernägel, sie raucht viel, liebt Schokolade und ist von großer emotionaler Wärme.

Sie sagt immer: »Warum prügelt ihr euch denn, das tut doch weh!«

Wenn die Hoppmann-Brüder nicht im Jugendzentrum sind, prügeln sie sich nämlich immer oder treiben sich in den leer stehenden Häusern rum, von denen es in der Gegend viele gibt. Sie stöbern in den Sachen, die bis vor Kurzem noch jemandem gehört haben. Der große Hoppmann pinkelt in Flaschen und bunkert sie im Regal. Manchmal machen die Hoppmanns ein Matratzenlager auf und schlafen zusammen mit anderen Kindern in den Häusern. Dann schlenkert der große Hoppmann mit seinem Penis herum und lacht dreckig. Auch die anderen Kinder lachen. Nur der kleine Hoppmann sitzt in einem Pappkarton und ist nicht so richtig dabei, denn er ist zu schüchtern. Wenn die Hoppmann-Brüder am Morgen nach solchen Nächten nach Hause kommen, versuchen sie, sich über den Hühnerhof ins Haus zu schleichen. Der Große voran, der Kleine hinterher. Aber die Mutter wartet schon mit dem Teppichklopfer. Dann prügelt die Mutter, und der Vater sitzt im Sessel.

Die Hoppmann-Brüder gehen in die moderne Gesamtschule. Das ist ein buntes Gebäude mit viel Glas und einem Behindertenaufzug. Als der große Hoppmann dem Streber Jan-Frederic in der großen Pause mit einem Karate-Sprung ins Gesicht springt, muss er von der Schule. Der kleine Hoppmann ist nicht so auffällig, raucht aber im Gebüsch. Obwohl er erst dreizehn ist, dreht er selbst. Das finden alle Kinder eklig, weil er immer Tabakflecken an den Fingern hat. Nur Jackie Mesch mag ihn ganz gerne. Jackie Mesch ist ein komisches Mädchen.

In der Pause sammelt sie Brombeeren in Tupperdosen. Manchmal bietet sie dem kleinen Hoppmann von den klebrigen Dingern an. Er nimmt dann welche, auch wenn der große Hoppmann dabei ist und sagt: »Machst du wieder mit der Brombeer-Schlampe rum?«

Der kleine Hoppmann sagt dann nur: »Und wenn schon.« Er weiß, dass er immerhin verliebt ist und sein Bruder, der große Hoppmann, nicht. Der große Hoppmann macht immer nur rum mit Mädchen. Zum Beispiel mit der Dorle, das ist ein Problemkind mit Hund. Hinter ihrem Rücken verarscht er sie, er sagt: »Die Dorle, mit der mach ich doch nur so.«

Einmal schläft er sehr grob mit ihr, als ihre Eltern nicht zu

Hause sind. Die Eltern kriegen das aber raus und erscheinen mit Dorle und dem Hund im Jugendzentrum bei der Sozialarbeiterin. Die Sozialarbeiterin ist die, an die man sich wenden kann. Sie kocht Kaffee und ruft bei den Hoppmanns an, aber die Eltern legen auf. Da kann die Sozialarbeiterin nichts machen. Aber sie kümmert sich um Dorle und setzt sich mit ihr vor die Bandschneidemaschine.

Eigentlich kann ich das alles aber nur von außen beobachten. Ich bin ein Lehrerkind und gehe mit Sascha in eine Klasse. Sascha ist der kleine Hoppmann. Wir sitzen zusammen in der letzten Reihe und sehen zu, wie Jackie Mesch immer zu spät kommt in diesem kurzen, silbernen Kleid, das sie neuerdings trägt. Der Lehrer kriegt einen roten Kopf, weil sie zu spät kommt oder wegen dem Kleid. Sie guckt aus dem Fenster uns legt sich die Hand zwischen die Beine. Seit sie das silberne Kleid trägt, sieht sie ein bisschen aus wie ein Star.

Sascha Hoppmann bringt mir bei, wie man Zigaretten dreht. Wir sind Freunde, auch wenn es bei mir zu Hause ganz anders aussieht: Wir haben eine Solaranlage auf dem Dach und eine Sauna im Keller. Aber obwohl wir reicher sind, gibt es bei uns auch Ärger. Wenn ich zu meinen Eltern sage, dass ich sie hasse, und sie mir sagen, dass sie mich hassen, muss Sascha nach Hause gehen.

Viel lieber bin ich im Jugendzentrum, denn dort bin ich der Moderator von Radio Frechfunk. Neben mir sitzt der Radio-Techniker. Es ist ein geistig etwas zurückgebliebener Torsten. Auf dem Sofa sitzen der große Hoppmann, Sascha Hoppmann, Jackie Mesch und Dorle. Der große Hoppmann verarscht Torsten, indem er sagt: »Torsti, Torsti.« Wir anderen machen auch alle mit beim Verarschen, sogar der Zivildienstleistende. Wenn die Sozialarbeiterin kommt und das mitkriegt, sieht sie mich enttäuscht an. Von mir hat sie das nicht erwartet.

Der Zivildienstleistende spielt Gitarre und macht mit uns eine Band auf. Ich bin der Sänger. Jackie Mesch wippt mit dem Kopf und guckt absichtlich etwas tragisch. Sascha Hoppmann sitzt hinten am Schlagzeug.

Beim Sportfest versucht Sascha Hoppmann, Jackie Mesch zu beeindrucken, indem er so tut, als könnte er einen der Zeppeline mit dem Daumen und dem Zeigefinger aus dem Himmel nehmen. Es soll ein humorvoller Zaubertrick sein, aber es funktioniert nicht, weil Jackie Mesch es nicht versteht. Sascha Hoppmann schämt sich und rennt weg.

Abends besuchen wir neuerdings Torsten, weil wir mitgekriegt haben, dass er ganz alleine in einem kaputten Haus wohnt. Wir sitzen im Garten und trinken Apfelkorn. Wir spielen auch Fußball auf der Wiese vor Torstens Haus, aber das macht nicht so viel Spaß. Torsten will immer mitspielen. Er läuft an, verfehlt den Ball und fällt auf die Fresse. Gegenüber ist ein Secondhand-Möbellager, da sitzen die Arbeiter auf ihren Stühlen und feuern ihn an: Gebt mir ein T, gebt mir ein O, gebt mir ein R, gebt mir ein S, gebt mir ein T, gebt mir ein E, gebt mir ein N. Sie singen: Tor-sti, Tor-sti, Tor-sti. Torsten läuft an, verfehlt den Ball und fällt auf die Fresse.

Einmal bleiben wir über Nacht in Torstens Haus. Als alle schlafen, schlafe ich mit Jackie Mesch. Der große Hoppmann hat auch schon mit ihr geschlafen. Jackie Mesch riecht komisch und macht die Augen zu. Ich sage ihren Namen, aber sie lässt die Augen einfach zu, deshalb bin ich sozusagen alleine. Ihr Busen und ihr Kopf wippen vor und zurück. Das silberne Kleid hat sie sich als Kissen unter den Kopf gelegt.

Jackie Mesch entwickelt einen Spleen. Sie trägt zum Beispiel keine Unterhosen mehr unter ihrem silbernen Kleid. Während des Unterrichts steht sie unten an der Straße. Sascha und ich gucken immer aus dem Fenster, ob sie mitgenommen wird. Sie lehnt dann an der Plakatwand und bewegt sich ein bisschen hin und her, als würde sie von jemandem fotografiert. Sie muss in eine Jugendpsychiatrie. Als wir davon Wind bekommen, fährt die Sozialarbeiterin mit mir, den Hoppmann-Brüdern und Dorle im Bulli hin. Wir haben einen Besuchstermin. Es sieht überhaupt nicht aus wie in einer Psychiatrie. Es gibt sogar Sommerbasteleien an der Wand. Jackie Mesch sieht wieder ganz normal aus, weil sie einen Jogginganzug trägt. Sie sagt, dass es hier besser ist als zu Hause, weil sie nicht in die Schule muss. Wir trinken Kakao. Der große Hoppmann flüstert immer: »Klapse, Klapse!« Aber als die Sozialarbeiterin ihn zurechtweist, ist er ruhig. Die Sozialarbeiterin sagt: »Wir brauchen dich aber bald wieder für das Radio, Jackie.«

Als wir gehen, umarmt der große Hoppmann die Jackie Mesch. Manchmal ist er plötzlich nett. Wir anderen umarmen Jackie Mesch auch. Auf der Rückfahrt im Bulli hören wir die Aufnahmen von der Band.

Ich will auch Sozialarbeiter werden. Die Sozialarbeiterin erzählt mir, dass es allerdings ein schwieriger Beruf ist. Mit mir kann sie darüber reden. Sie weiß, dass ich klüger bin als die anderen Kinder, weil ich keine armen Eltern habe. Bei der Vollversammlung schlägt sie mich als Kaffeekassenwart vor. Ich gebe die Aufgabe später an Sascha Hoppmann ab: Durch Verantwortung reift der Charakter. Ich bin auch öfter mit Dorle in der Radiowerkstatt. Die Sozialarbeiterin findet das gut.

Als Jackie wieder aus der Psychiatrie da ist, wird sie meine Freundin, aber wir reden nicht viel miteinander. Einmal frage ich, ob sie das silberne Kleid für mich anzieht, aber sie sagt, dass sie ab jetzt für immer zu ihrer echten Persönlichkeit steht.

Mit Sascha verstehe ich mich nicht mehr so gut. Als ich merke, dass er geringe Beträge aus der Kaffeekasse klaut, stelle ich ihn zur Rede und sage: »Hey Hoppmann, ich merke, dass du geringe Beträge aus der Kaffeekasse klaust.« Er sagt nur: »Und wenn schon.« Wir können nicht vernünftig darüber reden, denn er ist emotional versperrt. Auch sonst fällt die Gruppe etwas auseinander. Der große Hoppmann muss Sozialstunden machen und ist nicht mehr da. Die Sozialarbeiterin wird krank. Sie wird erst immer dicker und hat dann diese Krankheit, bei der man Unsinn redet, ohne es zu merken. Sie kommt ins Krankenhaus. Als sie wieder da ist, arbeitet sie nur noch die Hälfte. Das mit Jackie Mesch läuft nur kurz, aber dann ziehe ich eh in eine andere Stadt und sehe keinen mehr wieder.

Goldbarrenmann

Es war ein böser, drückend heißer Sommer, und es kam, wie es kommen musste: Die Feinde raubten meinen Vater aus. Zwei Männer mit Halstüchern über der Nase. Sie klopften am frühen Abend und schoben meinen Vater in sein kleines Möbellager, in dem er inzwischen auch wohnte, um Geld zu sparen. Einer der Männer zeigte mit einer Pistole auf meinen Vater, der andere schubste ihn auf den Boden und fesselte ihn. Sie verschwanden mit der Geldkassette, in der sich die ganzen Ersparnisse befanden. Mein Vater lag die ganze Nacht auf dem Boden.

Als ich ihn am nächsten Tag fand, befreite und in seinen Klappstuhl setzte, war er aufgedreht und erzählte mir erst mal lang und breit von einem Vogel.

»Das war ganz erstaunlich! Kurz bevor es hell wurde, hat irgendwo ein Vogel gerufen! Es gibt da so eine Zeit, in der kaum Autos fahren, man hört sich das ja sonst nie so genau an. Der hat mich fast verrückt gemacht, dieser Vogel! Der hat immer nur einen Ton gerufen, bestimmt eine Stunde lang. Zuerst war es so ein dümmliches Rufen, so: Huh-huh? Huh-huh? Aber mit der ersten Sonne hat sich das verändert, da kam plötzlich eine richtige Lebensfreude mit rein, so: Huh! Huh! Huh-huh! Das kann man sich gar nicht vorstellen, was aus so einem Vogel rauskommt! Was meinst du, was man in so einem Vogelruf hört, wenn man selbst ein Vogel ist?«

Ich sagte: »Papa, sie haben die Geldkassette mitgenommen, wir müssen zur Polizei!«

Aber davon wollte er nichts hören. Er litt schon seit Jahren an Verfolgungswahn. Seine Feinde waren überall, und eben auch bei der Polizei. Es wunderte mich nicht, dass sie schließlich gekommen waren, um ihn auszurauben. Er hatte sie sozusagen herbeigefürchtet. Und eines Tages würden sie kommen, um ihn endgültig hinzumachen, da war ich mir sicher. Das heißt, sie würden ihn so weit treiben, bis er den letzten Schritt selbst tut, und was ich dann machen sollte, wusste ich nicht, denn wen hatte ich schon, außer meinen Vater?

Sein Möbellager lief überhaupt nicht, und wenn ich ihn vom Hoftor aus beobachtete, saß er immer ganz jämmerlich in seinem Klappstuhl vor dem kleinen, tragbaren Fernseher. Er hatte schon ein paarmal davon gesprochen, dass er Selbstmord in Ordnung findet. Selbstbestimmt leben und selbstbestimmt sterben, sagte er immer, warum unnötig Durchhaltevermögen demonstrieren?

Hatte er mich am Hoftor entdeckt, tat er aber ganz zufrieden. Er nickte mir betont locker zu und blätterte in der Fernsehzeitschrift, auf der Suche nach der nächsten Tierdokumentation, die er sich angestrichen hatte. Am liebsten sah er *Tiere in der Savanne*.

Als Nächtes brannte das Lager ab. Das heißt, es kokelte gemütlich aus, ein richtiger Brand wäre wohl zu feierlich gewesen. Das Schicksal hält diese kleinen, regelmäßigen Schläge für ausreichend, dachte ich. Eine Art sanfte Unglücksmassage, um meinen Vater langsam einzuschläfern.

Nichts ahnend liefen wir an diesem Tag durch den Sonnenschein. Es war Sperrmüll an der Straße, das hatte auch immer etwas von Savanne. Die Rentner, die zwei Drittel der Wohnblöcke bewohnten, kamen vorsichtig aus ihren Höhlen, angelockt von den Sperrmüllhaufen, wie von einem Zebrakadaver. Es gab eine bestimmte Reihenfolge, wie unter den

Tieren, allerdings war die Stimmung trotzdem aggressiv. Zuerst kamen die Araber und griffen sich das Kupfer heraus, um es zum Schrotthändler zu bringen. Dann traten die Rentner vor und stritten um Bilderrahmen oder Regenschirme. Der Rest war für die Kinder, die untereinander auch noch mal eine Hackordnung hatten. Wenn nur noch Müll übrig war, trat mein Vater vor und zuckte mit den Schultern. Manchmal gab es Möbel, die er noch hätte verkaufen können, aber er war nie in der Lage, sich rechtzeitig vorzudrängeln. Er trug an diesem Tag seinen Lieblingspullover, ein hässliches Wollding mit einem Affen darauf, der Bananen jongliert, und als ihn gerade alle ansahen, zog er ihn sehr unmännlich aus, indem er die Enden über Kreuz fasste und sich das Ding über den Kopf zog. Als täte er es extra. Umringt von ironischen Gesichtern.

Auf dem Weg zurück zum Lager machte er zögernde Schritte in meinem Windschatten, und als ich stehen blieb, um ihn vorbeizulassen, ging er unsagbar zerbrechlich voraus. Er hob kaum die Beine und versuchte trotzdem, locker zu schlendern, was vollkommen misslang. Rechts dröhnten die Autos, links ragten die Wohnblöcke in den blauen Himmel, der aber auch bedrohlich wirkte, wenn mein Vater darunter herging.

Der Anblick des rauchendes Lagers war dann so deprimierend, dass ich gar nicht erschrecken konnte. Ich dachte auch gar nicht erst darüber nach, ob es ein Kabelbrand, ein böser Nachbar oder ein gespiegelter Sonnenstrahl gewesen war. Letzteres vielleicht, weil es das Mickrigste war: Die Sonne steckt das Lager mit einem Finger an, so wie man aus reiner Langeweile ein Krabbeltierchen auf den Rücken dreht.

Und dann las ich in der Zeitung vom Goldbarrenmann.

Mein Vater schlief auf der Gästematratze in meinem kleinen

Zimmer. Wir arbeiteten nicht, also saßen wir die meiste Zeit in der Küche und guckten in der Gegend herum oder betrachteten unsere Gesichter im Teelöffel: Auf der Außenseite des Teelöffels war mein Gesicht groß und nah, auf der Innenseite war es klein und fern. Mein Blick fiel zufällig in die Zeitung, und ich las den Artikel, und das war die Lösung, ganz plötzlich und ohne jeden Zweifel.

Es handelte sich um eine Werbekampagne von Fiesta TV, einem neuen Fernsehsender: Der Goldbarrenmann trägt einen großen Zylinder und radelt auf einem Herrenfahrrad durch die Stadt. Wenn man ihn sieht, muss man ihn mit dem Ruf *Fiesta TV* stellen, eine bestimmte Nummer anrufen, und hat einen Goldbarren gewonnen.

Ich rief: »Papa! Stell dir das mal vor! Da verdienst du auf einen Schlag mehr als in den letzten fünf Jahren zusammen!«

»So ein verlogener Unsinn«, sagte er nur.

Er hatte eine Abneigung gegen alles, was nach Werbung, Geld oder Gewinnspielen roch. Er hatte seinen Stolz, aber ich war gut im Überreden.

Wir nahmen uns eine Thermoskanne Kaffee mit und gingen zum Rhein, wo im Sommer die meisten Fahrradfahrer zu sehen waren. Es war nicht unwahrscheinlich, dass sich auch der Goldbarrenmann früher oder später blicken lassen würde. Die Sonne glitzerte auf dem Wasser, und wie sah das aus?

Ich rief: »Wie ein Goldbarren!«

»Na ja, geht so«, sagte mein Vater.

Aber er sah sich verstohlen nach den Fahrradfahrern um, das registrierte ich. Und plötzlich war da eine Hoffnung, eine frische Brise in diesem Sommer. Ich nahm meinen Vater mit zu seinem Konkurrenten Caruso, um ihm mal zu demonstrieren, wie ein Möbellager aussehen kann.

»Wenn man es renoviert, nachdem man beispielsweise einen Goldbarren gewonnen hat!«, sagte ich.

»Eine Werbeveranstaltung«, schnaubte mein Vater.

Es stimmte: In Carusos Hof war das Sommerfest im Gange, aber es war weniger eine Werbeveranstaltung, als vielmehr eine gute Party, bei dem eben auch die Lagerhalle offen stand. Das war ja nicht verboten. Man sah allerhand Neuware, vorteilhaft beleuchtet. Caruso wollte sein Geschäft offenbar auf eine jüngere Klientel ausrichten, und ich nannte das: »Eine gesunde Idee!«

Da schnupperten auch schon ein paar Interessenten zwischen den langhalsigen Stehlampen, den minimalistischen Sofas und Würfelsesseln herum.

Ich sagte: »Siehst du zum Beispiel diese feminine Chinavase auf dem Podest? So eine hast du auch besessen, aber in deinem Lager sah sie aus wie ein Pott! Und den Stuhl da? Du würdest dazu sagen: Ein Stuhl, so was aus Holz. Aber bei Caruso ist das ein Sitzerlebnis, deutsche Eiche!«

Ich wies meinen Vater auf das Preisschild hin, das selbstbewusst auf dem Polster lag: »100 Piepen, das kann man verlangen!«

»Ein ganz verlogenes Werbefest«, schimpfte mein Vater.

Als das Fest richtig in Schwung gekommen war, schlenderte Caruso zu uns herüber und brachte ein schnelles Geplauder mit: »Na, wie stehen die Aktien?«

»Alles fit im Schritt, alle Zeiger auf Vollstoff, und selbst?«

»Alles tipptopp, der Keller voll Kartoffeln, die Motoren geölt.«

Und mit diesen lockeren Worten war er schon wieder auf der Tanzfläche. Die Leute klatschten und amüsierten sich. Caruso schnappte sich ein Mädchen und schoss mit ihr wie ein Pfeil über die Tanzfläche.

»Sieh dir das an«, sagte ich. »Warum dieses ewige Misstrauen gegenüber dem Erfolg? Warum nicht mal ein bisschen funktionieren, Papa?«

So wie ich funktionieren wollte, als ich beschloss, mich im Plaudern zu üben. Aber das ging nach hinten los. Beim Sperrmüll fand ich mich plötzlich von bösen Blicken umringt. Die ganze Straßengemeinschaft starrte mich an, in offener Feindschaft. Sie rückten näher und fixierten mich, als wäre ich ein schwächelndes Beutetier in fremdem Revier. Ein seltsames Opossum. Für Momente konnte ich mir die verkniffenen Gesichter durch die blendende Mittagssonne in meinem Rücken erklären, aber im nächsten Moment senkten sich die Köpfe wieder, angriffslustig und brutal. Vielleicht lag es an einem selbst, wie man es wahrnehmen wollte, man konnte diese Leute auch Nachbarn nennen, aber die Bezeichnung Feinde traf es einfach besser.

Wenn man einen Goldbarren hätte, dachte ich, könnte man ihnen das Ding auf den Kopf hauen.

Und während ich in den Verfolgungswahn abrutschte, entwickelte mein Vater gute Laune. Das war mir unheimlich. Er war vollkommen ruiniert, aber er lächelte entspannt vor sich hin.

»Ich habe eine Idee«, sagte er. »Ich will eine Städtereise machen, aber jetzt kommt's: In der eigenen Stadt. Ist das nicht irre?«

Ich kam lieber mit. Es schien mir besser, dabei zu sein, wenn er völlig durchdrehte.

Er hatte noch immer seinen alten Transporter, damit fuhren wir aus der Stadt heraus und drehten dann um, um die Städtereise als *echte Touristen* in Angriff zu nehmen.

Er lachte: »Das ist also Bonn!«

Im Grunde sah es ganz gesund aus, wie er so vor mir hermarschierte. Er ging schnell und langsam. Er stöberte in einem Billigladen. Er studierte Einschusslöcher. Er hatte ein Faible für Krieg. Und ich dachte: Niemand erkundet eine Stadt wie mein Vater.

In der Mittagssonne schlenderten wir über die Rheinpromenade, an der man einen künstlichen Sandstrand aufgeschüttet hatte. Junge Touristen lagen auf bonbonfarbenen Handtüchern. Hier im Urlaub waren sie nichts als Sonnenbrille und Körper, trotzdem war noch mehr an ihnen dran. Sie tragen ihre Zukunft schon in sich, dachte ich, sie wollen mal Physiker oder Archäologen werden. Da war ganz offensichtlich Ehrgeiz in den Menschen, man konnte es spüren, selbst wenn sie nur dalagen und sich bräunten.

Mein Vater ging voraus und erzählte Geschichten. In der Thomas-Mann-Straße hatte er mal bei einem Selbstmörder entrümpelt, der ausschließlich uringefüllte Gläser in der Wohnung hatte. Und dort, in der Weiherstraße, hatte er mal ein blutiges Sofa aus einer Wohnung gezogen.

»Aber das muss alles in einer anderen Stadt gewesen sein«, sagte er zwinkernd, »denn heute sind wir ja ... in einer anderen Stadt!«

Für Momente kam es mir wirklich so vor, als wäre ich noch nie hier gewesen. Ich versuchte, meinem Vater zuzulächeln. Er kannte sich aus.

Am Abend leisteten wir uns den Besuch in einem kleinen Improvisationstheater, und mein Vater wurde auf die Bühne geholt. Ich befürchtete, dass es zu einem Ausbruch kommen würde, aber mein Vater saß nur schüchtern auf einem Stuhl auf der Bühne und wusste nicht, ob er die Hände auf dem Bauch falten oder hängen lassen sollte. Die Schauspielerin fragte ihn über sein Leben aus. Anschließend improvisierte die Improvisationsgruppe ein beschwingtes Musical über das Leben meines Vaters. Wir hörten die *Internationale* aus seiner Studentenzeit, wir sahen die Abenteuer aus seinen Jahren als Entrümpler. Ich hoffte, dass man meinen Vater und sein Halbe-Stunde-Leben mögen würde. Als die Leute dann tatsächlich klatschten, erschien es mir irgendwie falsch. Es gab keinen Grund, dass plötzlich Sympathie vom Himmel gefallen sein sollte.

Dann fällt etwas anderes vom Himmel: Das Glück. Ich sehe den Goldbarrenmann, eines Nachts, als ich betrunken am Rhein herumlaufe. Er sitzt als gelbe Silhouette im Laternenlicht auf einer Bank, vertieft in ein Buch. Die Beine hat er übereinandergeschlagen, neben der Bank steht sein Fahrrad. Ich will ihn ansprechen, dann besinne ich mich: Mein Vater soll den Goldbarrenmann stellen! Ich laufe zur Telefonzelle und rufe ihn an. Ich sehe vor mir, wie das Klingeln meinen Vater erreicht, wie er die Nachttischlampe anknipst, noch mit einem Bein im Traum. Wie er dann verschlafen auf seinem riesigen Mobiltelefon herumdrückt, mit dem er auch tagsüber kaum klarkommt. Ich höre seine Stimme: »Nhn?«

»Papa! Komm sofort zum Rhein, Höhe Alter Zoll, du musst den Goldbarrenmann stellen!«

Und ich postiere mich hinter der Telefonzelle, im Schutz der Nacht, während das Laternenlicht auf der Straße erwartungsvoll schwirrt. Ich denke: Eine Bühne bleibt nie lange leer. Ich weiß, dass mein Vater erscheinen wird, und als er erscheint, kann ich es kaum glauben. Jetzt ist er da? Jetzt ist er da! Im nur halb zugeknöpften Hemd, mit wirren Haaren, wie einer, der seinen Hund sucht. Er braucht einen Moment, um sich zu orientieren. Ich weiß nicht genau, was in ihm vorgeht.

Die Nacht ist kein gewohnter Ort für ihn, aber er scheint sich zu sammeln, er scheint sich der Sache annehmen zu wollen. Ich winke ihm und zeige stumm auf den Goldbarrenmann: *Da! Da-vorne-sitzt-er-doch!* Und ich bin stolz, als mein Vater konzentriert auf ihn zugeht, ich denke: Das ist mein Vater! Jemand, der sich zum Handeln entschließt, etwas deplatziert, aber entschlossen, und entschlossener mit jedem Schritt.

Der Goldbarrenmann beendet seine Lektüre. Er steht gähnend auf, schwingt sich auf sein Rad und tritt gemächlich in die Pedale.

Ich habe meinen Vater noch nie joggend erlebt, geschweige denn ernsthaft rennend, aber er rennt, und der Goldbarrenmann sieht sich um. Er sieht seinen Verfolger, hält aber nicht an, und das liegt daran, dass mein Vater nicht ruft.

Du musst rufen, denke ich, du musst den Goldbarrenmann mit dem Ruf stellen!

Der Goldbarrenmann fährt an mir vorbei und wird schneller und schneller. Ich denke: Will er sich nicht stellen lassen? Mein Vater hinterher. Mein Vater stürmend! Mein Vater wirft seine Beine in die Luft, es ist ein entschiedenes Sprinten! Ich denke: Wo ist sein Bauch? Mein Vater, wie eine Gazelle! Seine Beine werden länger und länger! Er holt unermüdlich auf, und endlich beginnt er zu rufen. Mit jedem Rufen nimmt seine Stimme mehr Volumen an. Seine Rufe werden zu einem vollen Gesang, der die ganze Weite der Nacht spürbar macht, ein hallender, schallender Gesang, der den unendlichen Raum der Nacht ausfüllt: *Fiesta TV! Fiesta TV!*

Und mein Vater stellt den Goldbarrenmann.

So hatte ich mir das vorgestellt, stattdessen las mein Vater beim Frühstück aus der Zeitung vor, dass irgendein Student den Goldbarrenmann gestellt hatte.

»Irgendein Student, der es nicht verdient hat«, sagte ich.
»Findest du das nicht ungerecht?«
»Was heißt ungerecht?«, erklärte er ungewohnt gelassen. »Womit hätten wir denn den Goldbarren verdient? Und wozu brauchen wir sowas überhaupt? Ich brauche nur mein Lager!«

Da hatte er wohl recht. Mittlerweile ist das Lager wieder in Schuss. Es riecht noch etwas verbrannt, aber die Wände sind gestrichen. Mein Vater hat eine Annonce im Anzeiger aufgegeben: Entrümpelungen und Kleintransporte, preiswert und kompetent.

Ich habe gelesen, dass es Leute gibt, die von der Idee besessen sind, jemand anderes wäre dem Unglück geweiht. Kann sein, dass es bei mir so war, aber ich glaube, mein Vater ist wirklich gelassen geworden. Eine beruhigende Vorstellung: Mit knapp sechzig plötzlich grundlos zufrieden.

Wenn ich ihn in seinem Lager besuche, ist er meistens mit irgendwas beschäftigt, ganz bewusstlos und verträumt, wie ein Tier in einer Höhle. Er existiert einfach, ohne große Pläne. Und ich mag es, ihm beim Spülen zuzusehen: Wie gründlich er dabei ist, wie er Löffelchen für Löffelchen schrubbt, wie das Geschirr durch das Waschbecken geht und sich sehr ansehnlich im Trockengestell versammelt. Die Tassen hängen, die Schälchen tropfen in der Mitte. Ich mag die ruhigen, sanften Geräusche: Das Klickern der Teller, das Knistern des Spülschaums, das Gurgeln, wenn er den Stöpsel zieht. Ich selbst warte immer noch auf große Explosionen, aber da ist nichts im Anmarsch, nur der erste Schnee.

Schnurrbart

Schnurrbart steht auf dem Marktplatz und ärgert sich über die Leute. Die sind ihm zu klein oder zu groß oder zu dick oder zu dünn. Ein Meer von Witzen, denkt er, man möchte sich die Augen zunähen. Dann entdeckt er sich im Schaufenster und findet sich klein und peinlich.

Am Abend liegt er vor den Altstadtkneipen, den Mittelfinger in die Luft gestreckt. Weite Röcke gehen an ihm vorbei, bärtige Damen, eine Liliputanerin, eine Astronautin. Die Nacht kommt, dann der hupende Morgen. Gelinde biegt um die Ecke und trifft den noch schlafenden Schnurrbart an. Sie beugt sich zu ihm runter und nimmt ihn mit.

Die Wohnung, in der Gelinde mit ihrer Tochter Nadja wohnt, dient gleichzeitig als Redaktion ihrer altlinken Zeitung und liegt in einem versteckten Backsteingebäude. Es herrscht junggebliebene Unordnung. Gelinde sitzt in ihrer Kuhhose vor dem Computer und raucht. Schnurrbart liegt auf dem Sofa, flucht vor sich hin und schreibt ein klebriges Sonett über die kalte Zeit. Gelinde liest es und sagt, es sei toll. Er sei sehr talentiert und werde sicher mal berühmt. Zwanzig Minuten später Sex. Gelinde drückt ihr Gesicht auf die Matratze und schreit: »Oh ja, oh nein, was machst du mit mir?« Schnurrbart, zwanzig Jahre jünger als Gelinde, hat ihr etwas unpralles Gesäß zur freien Verfügung und pumpt. Gedanken greifen nach ihm. Er sieht sich seinem Orgasmus mit einem Schmetterlingsköcher hinterherstolpern. Oh ja, oh nein. Anschließend ist er fast tot. Er liegt in Gelindes Armen, in ihrem warmen, altmodischen Duft, und überlegt, sie zu küssen. Das wäre wohl fair, andererseits graut ihm etwas vor ihrer Zunge.

Eine fünfzig Jahre alte Zunge, denkt er, viel geraucht, viel getrunken, viel genossen. Er beugt sich zu ihr, aber sie will ihn gar nicht küssen. Später steht er mit ihr nackt auf dem Balkon und dampft aus. Die Sterne leuchten unordentlich am Himmel. Gelinde erzählt von den Partys, die sie manchmal mit sich alleine feiert. Sie sagt, sie trinke dann Schnaps und unterhalte sich mit ihren Lieblingen. Sie nähme hier und da ein Buch aus dem Regal und führe Selbstgespräche. Das sei auch ganz nett.

»Schade, dass du so alt bist«, sagt Schnurrbart. »Ich bräuchte ein junges, schönes Mädchen«. Die würde ich im Handumdrehen lieben, denkt er. Kosenamen zuflüstern, kleine nette Zeichnungen schenken.

Es ist schon die fünfte oder sechste gemeinsame Nacht. Gelinde lächelt den Mond an. Er mag ihr Gesicht, das aussieht wie aus Flicken zusammengesetzt, auch ihre etwas theatralische Art. Sie fasst ihm an den Hintern und sagt: »Zeit haben, heißt den Tod duzen.« Man trinkt sich müde und hört Musik. Schnurrbart schickt Gelinde dreimal zum CD-Player, ehe die richtige Musik zum Einschlafen läuft.

Seit wann ist Schnurrbart in der Redaktion zu Hause? Seit er den Müll runterbringt? Seit er diesen Tanz mit dem riesigen Müllsack die Treppe hinunter aufführt? Nadja und Gelinde sind mittags auf der Kirmes, und Schnurrbart geht in Nadjas Zimmer. Er arrangiert die Bücher im Regal neu, dann legt er sich auf ihr Bett und betrachtet einen Aufkleber von Björk an der Decke. Er genießt den schauerlichen Duft von fremdem Waschmittel und Schlaf. Anschließend versucht er, weniger genießerisch, seine Haare, Hautpartikel, DNA zu beseitigen. Seit wann ist Schnurrbart in der Redaktion zu Hause? Seit er am Küchentisch an seinem Roman schreibt, bis Mutter und

Tochter schwatzend heimkommen? Seit er völlig unnötig beichtet, auf Nadjas Bett gelegen zu haben, was aber gar nicht nötig ist, weil Nadja nur lacht und Kaffee kocht, während Gelinde sich an den Küchentisch setzt und einen Joint dreht, ist er da plötzlich zu Hause? Und ist alles immer derselbe Tag?

Morgens bringt Nadja Kaffee ans Bett und schlüpft ganz selbstverständlich mit unter die Decke. Sie hat eine freche, kleine Nase, ist hübsch, jung und lesbisch. Gelinde lehnt sich mit dem Rücken an die Wand und liest aus einem ledernen, französischen Roman vor. Der Held des Romans ist aus einer infernalischen Stadtlandschaft geflohen, jetzt befindet er sich auf einem Schiff, das durch unberührtes Meer schneidet. Gelinde liest mit tastender, gefühlvoller Stimme. Jeder Satz entsteht erst und greift aus Gelindes rissigen Lippen heraus in die Zukunft. Schnurrbart und Nadja hören zu wie hypnotisiert. Zwischendurch legt Gelinde Lesepausen ein und schafft Raum für winzige, bewusstlose Sonntagmorgenbewegungen. Sie gießt sich einen Schluck Weißwein ein. Schnurrbarts Hand findet unter der Decke die Hand Nadjas. Ihr milchiger Blick und ihre verwuschelte Hitlerjugendfrisur berühren ihn seltsam. Er darf seinen Kopf in ihren Schoß betten. Er betrachtet die verrückten Büschel unter ihren Armen, während sie ihm hollywoodlerisch in den Haaren krault. Die Büschel machen ihn an und stoßen ihn gleichzeitig ab. Durch das Fenster atmet der saftige, kühle Morgen.

Dem anarchistischen Held des Romans wird bewusst, dass man ihn durchschauen und vernichten will. Immer wenn er an der Reling steht und die Lichttropfen auf dem Meer bewundert, immer wenn er sich umdreht, sieht ihn jemand von Weitem an, selbstverständlich und geheimnisvoll.

Schnurrbart liest auch vor. Er hält Lesungen in Altstadtkneipen und sieht sich diesen Augen gegenüber. Augen, Augen. Mutter und Tochter sitzen in der letzten Reihe, wie zwei Comicfiguren. Davor ist die Kneipengemeinschaft versammelt. Die Buchstaben verschwimmen zwischen Schnurrbarts Fingern. Seine Gedichte kommen ihm beim Vorlesen sentimental und lächerlich vor. Die Glühbirne über ihm summt zu laut, das Ansummen der Glühbirne gegen die Dunkelheit wie akustischer Schweiß, schale Metaphern. Eintritt natürlich frei.

Hinterher zu dritt auf dem Fahrrad. Gelinde im Stehen fahrend, Nadja auf dem Gepäckträger und Schnurrbart im Damensitz auf der Stange. Seine Gage, eine Flasche Whisky, wird auf dem Fahrrad hin- und hergereicht.

»Das erste wahre Kunststück des Abends«, sagt Schnurrbart.

»Oh nein«, sagt Gelinde. »Die Lesung war toll, du wirst sicher mal berühmt, ich sehe so was!«

Man kehrt im Peking-Imbiss gegenüber der Redaktion ein. Man sitzt auf den Bierbänken und bewundert gemeinsam die schöne Ling, die aus dem Imbisswagen kühle Dosen an die Arbeitslosen herausreicht. Immer lächelnd, emotionslos und paradiesisch. Als Ling an den Tisch kommt und die Bestellung aufnimmt, wird Nadja knallrot um ihre Jungenwangen und entwickelt einen süßen Meerschweinduft. Gelinde bestellt Fisch. Sie sagt, sie hätte zwar keinen Hunger, aber der Fisch sei ja schon tot (eine Kostprobe des labbrigen Witzes, mit dem sie ihre Gesellschaftskolumnen würzt). Die Papierlaternen kommen rot und schummrig zur Geltung. Schnurrbarts Menschenhass ist vorübergehend verflogen. Er will ein bisschen witzeln.

»Biergärten und Imbissbuden wird es ewig geben«, sagt er.

»Selbst wenn die Erde zerfetzt ist, werden noch Trümmer mit Biergärten und Imbissbuden durch das Universum schweben!«

»Nörgel nicht immer, nörgeln ist unerotisch«, sagt Gelinde.

Nadja hört nicht zu, sie beobachtet Ling. Gelinde sieht Schnurrbart an, Schnurrbart sieht abwechselnd in sein Bier und in den Himmel.

Die hilfsbereite Mama Gelinde wird krank. Sie war schon einmal im Krankenhaus, davon hat sie Schnurrbart erzählt. Sie hat Schnurrbart ihr ganzes Leben erzählt, da ist sie nicht wie die meisten Leute. Sie ist nicht verschlossen, sie steht zu sich. Aufgewachsen im Nonnenkloster, später ausgerissen. Mit Freunden im Fiat durch das wasserweiche Europa, auf den Spuren von Zippy, einem sagenumwobenen Clown, der keinerlei Ziele verfolgt. Vielleicht Richtung China, Atlantis, LSD. Gelinde, die ein behindertes Mädchen bekommt, das später stirbt. Die sich umso liebevoller um Nadja kümmert (Nadja darf alles, und wenn sie das Haus verlässt, winkt Gelinde jedes Mal am Fenster, denn man weiß nie, wann man sich das letzte Mal sieht.). Die freiheitsliebende Mama Gelinde wird krank, sie sagt beim Frühstück, es drücke ekelhaft im Bauch. Nadja geht erst gar nicht darauf ein. Nadja macht Witze und kaut ihr Brötchen mit offenem Mund, sodass Schnurrbart Butter an ihren Zähnen glänzen sieht.

»Es drückt widerlich«, sagt Gelinde und schreit.

Dann geht es schnell, mit dem Taxi zum Krankenhaus. Nadja spielt eine wortkarge, verantwortungsvolle Rolle und hilft Gelinde aus dem Taxi. Gelinde bleibt mit dem Fuß hängen, fällt fast hin und wimmert und stützt sich dann auf Nadja. Schnurrbart geht deplatziert hinterher. Ihm wird kurz bewusst, wie albern eine solch todernste Situation ist. Bei der Notaufnahme tritt ein Doktor auf und berührt Gelinde am Arm, siezt sie und verschwindet mit ihr. Als die beiden eine Stunde später wieder auftauchen, wirkt Gelinde beschämt. Sie kichert, als sei es ihr peinlich, dass ihr Körper Mucken macht.

»Ich muss hierbleiben, da ist was geplatzt«, sagt sie kichernd.

Ihre Augen fliegen unsicher zwischen Schnurrbart und Nadja hin und her. Schnurrbart spürt ein Bedürfnis, Gelinde komplizenhaft zuzuzwinkern, kann sich aber beherrschen.

»Sie müssen mich operieren, aber es ist sicher wieder gutartig!«

Der Doktor steht hinter ihr. Der Doktor ist ein humorvolles Land, in dem es blaue Seen gibt und grüne Wiesen und ein Gebirge, über dem eine warme, ethische Sonne aufgeht. Hier ist alles in Ordnung. Wir zeigen Ihnen Ihr Zimmer. Hier haben Sie Zeit, hier haben Sie Ruhe. Hier können Sie die Attribute ihres selbstbestimmten Lebens – ihre Ritterrüstung, ihren lustigen bunten Schal – bis auf Weiteres in den Schrank hängen. Willkommen in der befriedeten Zone. Machen wir uns keine Sorgen, bestimmt ist es gutartig.

Das Licht schneidet sich sehr klinisch durch die Stoffjalousien. Gelindes Zimmergenossin ist mit ihrem Bett und dem Tropf untrennbar verbunden, aber Gelinde sitzt ganz lose da. Als die Kinderchen am Abend gehen wollen, sind Gelindes Augen nass. Nadja umarmt ihre Mutter, eine ungeschickte Bewegung.

»Wird schon werden«, murmelt Schnurrbart. »Halt die Ohren steif.«

Im Taxi zurück empfindet Schnurrbart Mitleid mit Gelinde. Es ist ein wunderschönes Gefühl. Nadja erklärt, dass sie nichts dagegen hat, wenn Schnurrbart erst mal bleibt, aber nur unter der Bedingung, dass er sie nicht angeilt und nervt.

Nadja stampft nackt aus dem Bad und verschwindet in ihrem Zimmer. Schnurrbart sieht durch das Schlüsselloch zu, wie Nadja sich anzieht. Im weiblichen Umriss des Schlüssellochs: Die blasse Stange Nadja schließt sachlich ihren schwarzen BH am Rücken. Unterrum ist sie nackt, sehr behaart. Sie bückt sich nach ihrem schmucklosen, schwarzen Slip und steigt geschickt hinein, lässt einen Hauch von Mädchen in dieser Bewegung erkennen. Dann steht sie mit ihren schwarzen Zensurbalken da und betrachtet jene Stelle über der Tür, an der in anderen Welten ein Kruzifix hängt. Sie lächelt verschwommen in das weite Meer der Türwand. Sie scheint nachzudenken, dann dreht sie sich zum Fenster und posiert. Sie fährt sich durchs Haar und legt den Kopf in den Nacken, sie streckt die Brust raus und stemmt die Hände in die Hüften. Es ist nicht zu erklären. Die Bewegungen ihrer Rückenmuskeln sind weich und schön. Entweder ich werde langsam verrückt, denkt Schnurrbart, oder es ist normal, dass man sich komisch bewegt, wenn man alleine im Zimmer ist.

Er sieht den Brief, den er ihr geschrieben hat, auf dem Schreibtisch liegen. Briefe, Briefe, man müsste mehr Briefe schreiben, schreibt er in seinem Brief. Man müsste wieder altmodisch sein. Würden Sie mit mir ausgehen, Fräulein Nadja? Ich würde Sie so furchtbar gerne in das Autokino ausführen. Ich kaufe mir extra ein Auto, von dem Geld, das ich nicht habe. Wir parken ganz vorne, neben den anderen Chevrolets. Unsere Sitze sind bequem nach hinten gekippt, zwischen uns Popcorn und Limonade. Kein Gedanke an die Millionen anderen Pärchen in anderen Autos, an die Zähnchen und Gebärmütter, an Hemden, Rasierwasser und Skelette.

Kein Gedanke an die Millionen Zuschauer, die den Erdball bedecken, nur wir beide, einzigartig und groß im Inneren des Autos. Unser Lieblingsfilm läuft, *Der Aufstand der leblosen Dinge*. Es geht um die Menschen in den Städten, die immer blasser werden, weil ihnen die leblosen Gegenstände das Leben aussaugen. Die Gegenstände werden immer bunter und weicher. Die Laternen schunkeln und schmunzeln. Die Straßenbahnen fahren fröhlich Leichen spazieren. Das Ende der Menschheit ist gekommen, aber es gibt ein letztes lebendiges Pärchen, sehen Sie es, Fräulein Nadja? In Großaufnahme fasst der Held seiner Heldin ans Kinn. Die Heldin senkt den Blick, als er ihren Namen flüstert. Nadja, mit schmalzweichem D. Dann der Kuss, auf der Leinwand und im Leben. Liebes Fräulein Nadja! Aber wenn Sie nicht wollen, bringe ich Sie unversehrt nach Hause. Ich lasse Sie in Ruhe, und man sieht mich als krummen Hund stadteinwärts laufen. Ich gehe verloren im Zwielicht des Boulevards, zwischen Lichtspielhäusern und Dancing-Bars. Würden Sie mit mir ausgehen, Fräulein Nadja?

Das schwarze Dreieck marschiert auf Schnurrbart zu, die Tür geht auf.

»Hallo«, sagt Schnurrbart.

»Komm rein«, sagt Nadja.

Sie setzt sich im Schneidersitz auf ihr Bett, mit dem Rücken an die Wand. Sie zeichnet Skizzen für ihren Comic *Der Aufstand der leblosen Dinge*. Schnurrbart steht im Zimmer wie ein blöder Star und sieht in die Ferne der Wand. Ab und an greift Nadja in eine Chipstüte, stopft sich eine Handvoll in den Mund und kaut und schluckt, schürzt dann die Lippen beim Zeichnen. Schnurrbart piept und probiert Gesprächsansätze philosophischer Natur aus.

»Man sollte durchaus Kinder kriegen, Nadja. Man sollte

allgemein wieder mehr Kinder kriegen. Kinder sind ja auch Hoffnung. Man sollte wieder mehr hoffen, findest du nicht? Du solltest zum Beispiel auch wieder Kinder kriegen. Die Kinder spielen im Garten, Papa sitzt im Sessel und liest. Und Mama macht zum Beispiel Nudeln mit roter Soße. Kinder sind ja auch reine Liebe. Der Himmel ist blau. Warum nicht einen Mann lieben?«

»Ach, Typen, Kerle«, sagt Nadja. »Die sind immer randvoll mit Schnitzel und Schokolade. Finger, die nach Ketchup riechen.«

Dann schiebt sie ihre Skizzen beiseite und behauptet, müde zu sein. Schnurrbart sagt, dass die Skizzen sehr schön sind. Sie sei sehr talentiert und werde sicher mal berühmt.

»Ich bin zeichnerisch hochbegabt!«, sagt Nadja, so dumm und erotisch, dass Schnurrbart schwindelig wird.

Schnurrbart brütet in der Küche über seinem Roman. In dem Roman beschwört er einen neuen Messias herauf. Ein Kind, das rein und willenlos ist, ganz ohne Eitelkeit, Scham und Selbsthass. Ein kleiner, goldener Roboter, der lächelnd durch die Städte der Sünder geht und Mittelmäßigkeit predigt. Schnurrbart ist gerade ganz ergriffen von seiner eigenen Figur, als elektronische Musik aus Nadjas Zimmer zu zucken beginnt. Eine ganz hormonelle, fürchterliche Musik. Schnurrbart will sich darüber aufregen, aber dann vergisst er die Arbeit an seinem Roman, und sein Herz schmilzt, denn Nadja drückt sich wie ein rolliges Kätzchen an der Tür herum. Seine Augen schließen sich, er wird von einer knisternden Sonne übermannt, die ihm plötzlich ins Gesicht steigt, ein ganz mächtiges Gefühl aus der Brust heraus, das für zwei Sekunden alles einsaugt. Als er die Augen wieder aufmacht, ist die Küche heller als zuvor. Nadja hat sich wieder verzogen.

Schnurrbart sieht ihren Fuß durch zwei offene Türen. Nadja liegt auf dem Bett und bewegt ihren nackten Fuß in der Luft, ein beleidigt oder liebeskrank wirkendes Füßchen, das ihn ansieht und wegblickt. Schnurrbart schleppt sich benommen in ihr Zimmer, eigentlich ohne große Hoffnung. Er wünschte, er wäre eine taffe KFZ-Mechanikerin, aber er ist Schnurrbart.

»Ich bin ganz merkwürdig gestimmt«, sagt Nadja. »Gaanz gaanz merkwürdig, kennst du das?«

Schnurrbart muss sich in den Sessel setzen. Die Sonne steigt wieder auf, er schließt die Augen, und als er sie öffnet, ist das Zimmer kleiner und schöner, und Nadja steht hinter ihm und streicht ihm die Haare zusammen, wie ein Mädchen, das Friseursalon spielt. Schnurrbart spürt nichts anderes mehr als seine Kopfhaut. Ihre Millionen Fingernerven spielen mit seinen Millionen Kopfhautnerven.

»Es tut mir leid«, sagt sie, »dass ich dich nicht lieben kann, aber so ist es nun mal, ich bin besessen von Ling.«

Sie entzieht sich in Richtung des Fensters und beginnt mit leiser Stimme ihre Gefühle zu beschreiben. Sie nennt Schnurrbart einen Bruder und Ling eine Göttin.

»Sie raubt mir den Verstand! Jeden Tag beobachte ich sie im Imbiss gegenüber, wie sie Bestellungen aufnimmt, Dosen herausreicht und Enten serviert. Ich wünschte, mein Fenster wäre nicht auf den Imbiss ausgerichtet, andererseits ist es bezeichnend, dass es so ausgerichtet ist, denn jeder hat so ein Fenster! Jeder hat so ein Fenster, ausgerichtet auf den Nächsten, dessen Fenstern wieder in eine ganz andere Richtung ausgerichtet ist, das ist das Labyrinth aus Millionen Fenstern, ausgerichtet ins Nichts!«

Nadja kratzt sich mit den Zehen des rechten Fußes an der Ferse des linken, während sie redet, alles an ihr ist befremdlich und schön. Ihre länglichen Zehen, die Trainingshose und das

Unterhemd, ihre dünnen Arme und ihr flacher Hinterkopf. Schnurrbart sitzt senkrecht im Sessel, Schnurrbart ist ein Sessel mit Augen, während Nadja sich ihr Unterhemd auszieht. Sie steigt aus ihrer Jogginghose und beugt sich nur noch im Slip über ihre Kleidertruhe, als wollte sie Schnurrbart ein Geschenk machen. Es ist eine Qual. Sie sagt, sie wolle es heute probieren, sie wolle Ling ansprechen, obwohl sie schon wisse, dass sie keine Chance habe, denn Ling sei mit dem Chef des Imbisses zusammen. Nadja zischt wütend, während sie Kleidchen für Kleidchen aus der Truhe zieht, als gäbe es unendlich viele, nur eben das eine nicht. Sie sieht Schnurrbart traurig im Spiegel an, ihre Brustwarzen sehen ihn traurig im Spiegel an. Dann probiert sie seufzend ein gelbes, ein grünes und ein blaues Kleidchen.

»Lass«, hört sich Schnurrbart säuseln, »das passt doch gar nicht zu dir, du bist doch viel schöner, wie du immer aussiehst!«

Nadja dreht sich um und steht in einem schwarzen Kleidchen da, die Haare zerstrubbelt, das Näschen zitternd.

»Ich wünschte, die Menschen wären so lieb wie du«, sagt sie. »Ich wünschte, ich könnte dir helfen.«

Für einen Moment steht etwas Ehrliches im Raum, ein Informationsgeflecht zwischen vier Pupillen, und die Schauspielverzweiflung, mit der Nadja diesen kleinen Auftritt gestaltet, weicht für zwei Sekunden einer wirklichen Möglichkeit. Die Eskalation klopft an. Schnurrbart spürt, dass es jetzt möglich wäre, auf sie draufzuspringen. Es wäre jetzt möglich, sich ineinander zu verbeißen, Tollwut-Sex zu haben, ein Beiß-und-nimm-mich-Szenario, aber da ist der Moment schon vorbei. Nadja zieht ihre Straßenklamotten an und macht sich auf den Weg zu Ling. Jemand muss auf sie aufpassen, denkt Schnurrbart, am Fenster stehend. Man muss doch aufeinander aufpassen in der Welt.

In der Pause einer Lesung in der Stadt, in einem kleinen Backstageraum, der mit einem beliebigen Stuhl und einem beliebigen Tisch und einem tiefen Spiegel ausgestattet ist, ruft Schnurrbart in der Redaktion an. Er muss Nadjas Stimme hören, aber da ist keine Stimme, nur ein albernes, humorloses Tuten. Erzähl mir doch in Gottes Namen, wie das Wetter ist, sagt Schnurrbart zum Tuten. Er stellt sich ernsthaft vor, mit dem Tuten zu reden und bekommt plötzlich kalte Füße, weil er nicht weiß, für wen er dieses Theater spielt. Er sieht sich in der Tiefe des Spiegels, ein winziges Gesicht, rot und affig. Dann ruft er Gelinde im Krankenhaus an.

»Oh«, sagt sie, »es geht mir wieder gut, sehr gut sogar. Es waren böse Zellen dabei, aber sie haben gleich alles rausgenommen. Auch die Gebärmutter, gleich mit raus, hihi. Ich wollte ja eh keine Kinder mehr. Alles gleich mit raus!«

Ihre Stimme klingt überdreht. Sie freut sich, dass er anruft, scheint es aber überspielen zu wollen. Schnurrbart fragt sie, warum sie keine Kinder mehr wolle, man hätte doch die Gebärmutter erst mal drinlassen können, mein Gott, man darf doch nicht gleich alles rausnehmen! Dann muss Schnurrbart das Gespräch abbrechen, denn es klopft an der Tür, und jemand streckt den Kopf herein. Jemand sagt, Schnurrbart solle wieder auf die Bühne. Jemand sagt, die Menschen würden auf ihn warten. Schnurrbart legt auf und betritt die Bühne, und die Äuglein sehen ihn alle an. Braune und blaue und grüne Äuglein, quiekend und völlig ungeordnet. Schnurrbart setzt sich hin und liest einen Satz vor, dann noch einen Satz, dann noch einen, ahh!

Konstantin H. Schnurrbarts *Das sich selbst legende Ei* erscheint bei *Rumpert und Rumpert,* Hardcover, 19,90 Euro. Der Erfolg kommt so schnell wie eine große Verarschung.

Das Telefon klingelt in der Redaktion, als Schnurrbart gerade seine wenigen Sachen packt, weil er in eine größere Stadt ziehen will. Drei Hemden packt er ein, drei Unterhosen, eine Zahnbürste, den französischen Roman, den er klaut.

Es ist ein Der-Anruf-vom-Fernsehsender-Klingeln.

Vier Wochen später sitzt Schnurrbart im Fadenkreuz. Der Vorspann läuft, die Frau von der Maske pudert ihm noch einmal das Gesicht. Er stellt sich vor: Wie Nadja den Fernseher rauskramt, wie sie sich vielleicht sogar freut, aber dennoch kein Jucken, überhaupt kein Jucken spürt. Die Moderatorin trägt einen transsilvanischen Pony und nickt Schnurrbart freundlich zu. Schnurrbart sieht sich als Hologramm auf dem Kontrollmonitor und empfindet ein irres, erotisches Körpergefühl. Endlich ist es so weit! Das Scheinwerferlicht riecht nach geröstetem Mais. Schnurrbart sagt, dass es wunderschön sei, er wolle sich bedanken.

Er sagt: »Ich bin ein warmer Streuselkuchen.«

Die Moderatorin nickt ihm freundlich zu.

Nachmittags sitzt er unter dem Sonnensegel auf der Terrasse seines neuen Apartments in der größeren Stadt. In der Ferne verspielte Bankgebäude mit Wolken am Kragen und tollen Kuppeln. Das flüchtige Gewimmel in den Straßen, die Insekten in den Bars, über denen Herzen und Sektgläser blinken, kann Schnurrbart nur unter sich erahnen.

Es lebe der Unterschied, schreibt Schnurrbart in dem Brief, der Nadja im Hausflur zusammen mit Gefrierkostwerbung vor die Füße fallen wird. So stellt er sich das vor. Es lebe der Unterschied, schreibt er, und: Nadja, oh Nadja! Liebe Nadja mit schmalzweichem D! Dann knüllt er den Brief sofort wieder zusammen. Ich armer Mensch, denkt Konstantin H. Schnurrbart.

Schnurrbart im Zug. Vor ihm ein Mädchen, das sich an ihre Freundin kuschelt, die unbeteiligt aus dem Fenster sieht. Das Mädchen flüstert ihrer Freundin etwas ins Ohr. Schnurrbart bekommt eine Gänsehaut. Was gäbe er für etwas warmen Speichel am Ohr? Schnurrbart möchte die Landschaft betrachten, aber da wird der Zug von einem Tunnel geschluckt, und er sieht nur sich selbst.

Als er vor der Redaktion steht und klingeln will, sieht die Klingel plötzlich unsympathisch aus. Ein kupferner Knopf, der ganz wild darauf ist, gedrückt zu werden. Nicht mit mir, denkt Schnurrbart, nicht mehr mit mir! Er dreht sich um und marschiert durch die Altstadt. Ein heftiger, lebendiger Wind weht, die Bäume balancieren auf ihren Stämmen und rauschen. Der aufgerissene Boden einer Baustelle, an der Schnurrbart vorbeigeht, sieht aus, als wäre dies das letzte noch offene Loch, das zu schließen die Fertigstellung der Welt bedeuten würde.

Schnurrbart findet sich vor der Klinik wieder. Er besucht Gelinde, obwohl er sie nicht liebt. Obwohl sie ihn nicht liebt, oder nur so, wie eine zu kurze Decke einen nicht wärmt. Schnurrbart sitzt an ihrem Bett und sieht in ihre Mutter-Pupillen. Die sind ganz winzig und real. Draußen greift der Tag mit blinden Händen an dem Gebäude herum, aber Gelinde ist hier drinnen versteckt. Gelinde ist ein guter Mensch, und ich bin ein guter Mensch, denkt Schnurrbart, und man besucht sich unter guten Menschen. Man muss das denken dürfen, denkt er. Man muss überhaupt mehr denken und sich dann richtig entscheiden und sich an die richtigen Leute halten, so ist es doch, oder wie.

»Wie geht es mir?«, fragt Gelinde.

»Es geht dir schon besser«, sagt Schnurrbart.

Der französische Roman auf seinen Knien hat etwa das

Gewicht eines Säuglings. Schnurrbart klappt ihn auf und liest: Der Held sieht nach langer Fahrt auf dem Schiff die Küste am Horizont. Das Land der Freiheit, das Ende der Welt. Der Held blickt um sich und sieht die Augen seiner Verfolger. Er hofft, dass das Schiff die Küste erreicht, ehe ihn seine Verfolger vernichten, aber die Verfolger werden immer mehr. Der Mann an der Bar ist ein Verfolger, die Lichttropfen auf dem Meer sind Verfolger. Alle sind Verfolger, zu dünn oder zu dick oder zu groß oder zu klein. Die Küste kommt nicht näher, und Schnurrbart ist ein schlechter Vorleser. Jeder Satz klingt wie ein Schlag in ein Kissen. Gelinde liegt abgedeckt im Nachthemd da. Schnurrbart überlegt kurz, wie es wäre, jetzt zu ihr ins Bett zu steigen. Das kann aber keinen Sinn machen, denn was Gelinde jetzt braucht, ist jemand, der sich vernünftig verhält.

»Komm her«, sagt sie.

Schnurrbart schließt andächtig den Roman, wie man das Licht ausmacht, um den Weihnachtsbaum strahlen zu sehen. Er sieht zur Tür, dann steht er auf und kriecht zu Gelinde ins Bett. Sie schmiegt sich kindlich an ihn, so dass er sich ganz kräftig fühlt. Er mag ihren säuerlichen Duft und ihre unangebrachte Art.

»Küss mich, Konstantin«, sagt sie. »Wir sind froh.«

Wer ist Rex Huhmann?

Ein Dichter, ein Sektenführer, ein Friseur? Das fragen die ausgerechnet mich, den An-der-Wand-Lehner, aber ich gucke einfach weg und trinke einen Schluck aus meiner Flasche, bis sie weiterziehen. Ich gucke einfach weg, bis sie wie ein Rudel Gänse weiterziehen und den Nächsten fragen, am Billardtisch oder an der Bar unter dem großen Vorkriegsventilator, der so skurril ist oder skurril sein soll wie das restliche Ambiente: Die Blasinstrumente an der Wand, die so verschnörkelt sind, dass man gar nicht darauf spielen kann, die vergilbten Plakate osteuropäischer Diven. Eben der ganze Kitsch, auf den diese Affen stehen.

Ja, was fragen die mich, wer Rex Huhmann ist, da lasse ich mich gar nicht drauf ein, eigentlich sollte ich auch gar nicht hier sein, meine Kneipenzeit ist vorbei. Lasst mich also bitte in Ruhe mit Rex Huhmann, da will ich gar nichts mit zu tun haben, ich lehne lieber nur an der Wand und trinke mein Bier, wenn es denn sein muss.

Sehe, dass die Tür aufgeht und jemand hereinkommt, wahrscheinlich denken alle: Ja, ist es denn, ist es denn? Aber es ist nicht Rex Huhmann, ihr könnt euch alle abregen, es ist nur der Dennis in seiner Fliegeruniform. Man beginnt wieder zu atmen, man beginnt wieder mit Flaschen und Worten zu hantieren, während der Dennis ganz erstaunt zur Bar geht mit seinen ängstlichen Augen, die viel zu ungeschützt aus seinem Glatzkopfgesicht gucken. Während er mit zwei Fingern Bier bestellt und dann angestrengt locker an der Bar lehnt und sich für einen netten Typen hält, beginnt man schon wieder zu trinken und zu fragen, wer ist Rex Huhmann? Mein Gott, diese Kinder sind alle so wahnsinnig fantasielos, scheißen sich fast ein vor Fantasielosigkeit, warum geht nicht einer von ihnen hin und sagt: Ich bin Rex Huhmann, das wäre kein Problem, das würde jeder sofort glauben. Stattdessen popeln sie nur das Etikett von ihren Bierflaschen und setzen alle Hoffnung auf Rex Huhmann und fragen: Wer ist Rex Huhmann, tritt er heute auf? Wann tritt er auf?

Dabei hat der Tag so schön begonnen, das kann man sagen. Ich bin den ganzen Tag spazieren gegangen, habe mir am Hochwasser entlang die Verkehrsschilder angeguckt, die da aus dem Wasser ragten, später noch durch den Park mit den entenlosen Seen, das war schön. Keine Menschenseele unterwegs, weil alles nass geregnet war, so hat der Tag begonnen, ganz entspannt. Bis die Laternen – obwohl es noch gar nicht richtig dunkel war – angingen und dieses Umbruchslicht entstand, zumal ja auch langsam Winter wird, also, bis mich da der Röttger ganz plötzlich aus dem Halbdunkel heraus anspricht, so ganz zufällig mit seinem Alibi-Hund. Bis mir da der Röttger auf die Schulter klopft und mich auffordert, doch mal wieder vorbeizukommen, nach all der Zeit. Ich weiß gar nicht, warum ich da nicht einfach weitergegangen bin, vielleicht, weil der Röttger so ein netter Kerl ist und diese vernünftigen Augen hat. Er war ja auch früher schon immer der Netteste, das kann man sagen, wie die Ladenbesitzer ja meistens netter sind als die Künstler, die bei ihnen auftreten, weil die Künstler immer absichtlich so kauzig tun. Wahrscheinlich bin ich deshalb mitgekommen, weil der Röttger so nett getan hat, und jetzt bin ich hier und lehne an der Wand wie früher. Aber das ist ein ganz anderes Publikum heute, kein Mut in diesen jungen Gesichtern, und die wenigen alten sind noch viel schlimmer. Wie das vom Dennis, der immer noch denkt, er müsse ein origineller Typ sein und deshalb so unsicher Bier bestellt und mit diesem jungen Mädchen redet, ja, das ist pervers jung, das Mädchen. Ich weiß gar nicht, warum ich hier stehe, genau das wollte ich ja vermeiden. Aber jetzt werde ich selbst von einem Kind angesprochen, und sie fragt natürlich: Wer ist Rex Huhmann, ein Dichter, ein Sektenführer, ein Friseur?

Ich möchte mal wissen, was der Röttger ihnen von Rex Huhmann erzählt hat, dass die sich hier werweißwas vorstellen. Ein Ungeheuer mit Monokel wahrscheinlich, einen großen Verkünder und Jesus oder so, warum stellen die sich nicht selbst auf die Bühne, das soll mir mal einer sagen, warum organisieren die sich ihre Abendunterhaltung nicht selbst? Ja, warum stellst du dich nicht selbst auf die Bühne, sage ich zu dem Mädchen, da guckt die mich an mit ihren auseinanderfallenden Augen und ihrem verkümmerten Geist. Ja, das könne sie nicht, sagt sie, mein Gott, seid ihr fantasielos, sage ich, wenn ihr wüsstet, was ihr alles könnt, dann würdet ihr vor Freiheit umfallen, sage ich, wenn du wüsstest, was du alles kannst, würdest du vor Angst umfallen oder berühmt werden oder beides, sage ich zu ihr, aber es hat ja keinen Sinn. Es ist klar, dass es keinen Sinn hat, sonst würden sie nicht auf Rex Huhmann warten, wenn du wüsstest, dass es keinen Sinn hat, dann würdest du dich selbst auf die Bühne stellen, sage ich, aber es hat überhaupt keinen Sinn, mit dem Mädchen zu reden, da will ich mich gar nicht drauf einlassen. Wahrscheinlich ist sie mir direkt verfallen mit ihrem Zopf und dem Flaum im Nacken und ihrem Zahnfleisch, ist das jetzt ein Lächeln, oder was soll das sein, was sie da macht? Pervers jung, das wollte ich eigentlich vermeiden. Ich sehe ja Dennis hinten am Tresen bei den Spiegeln unter dem Vorkriegsventilator, wie er sein Mädchen immer so ganz zufällig berührt. Wahrscheinlich erzählt er ihr werweißwas von Rex Huhmann und guckt dabei gewichtig umher, sieht er mich jetzt an? Darauf kann ich wirklich verzichten, ja, jetzt winkt er auch noch und zeigt auf mich, und sein Mädchen guckt auch rüber. Jetzt lächelt mir dieses Mädchen dahinten zu und das Mädchen hier vorne auch, kennst du Rex Huhmann, fragt sie, und da muss ich wirklich lachen. Mein Gott, Mädchen, sage ich, jeder kennt Rex Huhmann, das ist ein Dichter, ein Sektenführer, ein Friseur, sage ich, hebe die Flasche zum Mund und sehe weg und muss wirklich lachen, aber das wollte ich eigentlich vermeiden, Mädchen, sage ich, jeder kennt Rex Huhmann, Rex Huhmann ist überall.

Frances stirbt

1

Was ist wesentlich? Das Dach muss ausgebessert werden, das ist wesentlich. Die Hecke braucht einen neuen Schnitt, das ist auch wesentlich. Frances gibt mir die Heckenschere und zeigt mir, wo die Ziegel liegen. Das Haus Olivenbusch ist, wie es immer war, also ist jeder, der hier ankommt, wie er immer war. Und oben regnet es immer noch rein. Da muss man nicht groß reden.

Als ich den Kopf durch das Dachfenster strecke, ist es, als wäre das Haus mein hinfälliger Körper. Ich steige auf das Dach und lasse mir von Robert die Ziegel hochreichen. Robert ist Frances' Sohn, er hat es wohl von ihr, dass man sich nicht überschwänglich begrüßt, aber bei ihm stört es mich nicht, denn es ist nicht böse gemeint. Zum Reden wird später noch Zeit sein. Wir arbeiten eine Weile, ich habe allerdings nicht das Gefühl, dass es etwas bringt. Wenn ich mich umsehe, sind da weiterhin schadhafte Stellen, gleichbleibend viele, so kommt es mir vor. Ich entwickle den Zwang, Farbunterschiede zwischen den Dachziegeln erkennen zu wollen, ich vergleiche Ziegelrot mit Ziegelrot. Das ist nicht gerade entspannend. Eigentlich komme ich her, um gesünder zu werden, ich sage mir: Haus Olivenbusch, da musst du mal wieder hin, das war doch immer so friedlich. Da kannst du körperlich arbeiten und gut schlafen! Stattdessen stehe ich dann überreizt auf dem Dach, die Arbeit ergibt keinen Sinn, und der Himmel schwirrt über mir, als käme ich nach langer Nacht aus einer Großraumdisco.

Unten im Garten sitzt Frances, ein nacktes Tierchen beim Kaffee. Sie ist gerne mal nackt, auf ihre spröde Art und Weise. Es ist kein Tagtraum, aber an diesem Punkt, spätestens nach zwei Tagen, setzen Tagträume ein, und zwar die unfreiwillige Sorte: Schatten auf dem Dach, Stimmen hinter dem Schornstein.

Ich sage: »Lass uns mal eine Pause machen, Robert!«

Aber auch am Nachmittag, wenn ich zur Heckenschere greife, kommt nichts als Verwirrung dabei rum. Ich schnipple und schnipple, trete zurück, und die Hecke sieht genauso aus wie vorher. Sie ist viel zu divenhaft, um sich schneiden zu lassen. Eine arrogante Hecke. Ich denke: Sollte es möglich sein, dass ich das Landleben einfach nicht vertrage? Dass ich Lärm und Chaos um mich herum brauche, um nicht völlig durchzudrehen?

Robert sieht, dass ich Probleme habe, und kommt rüber, um mir zu helfen. Ich weiß nicht, was er anders macht, aber schon nach ein paar Schnitten zeigt sich eine Wirkung an der Hecke. Die Zweige fallen lautlos ins Gras. Robert lächelt mir zu. Er ist extrem sanft, extrem groß und extrem dünn, das mag ich. Außerdem ist er schizophren und war ein Jahr lang in der Psychiatrie, das mag ich auch. Oder besser: Es beeindruckt mich. Ich war auch mal in der Psychiatrie, aber nur zwei Monate und ohne klares Krankheitsbild, deshalb denke ich immer: Robert hat es weiter gebracht.

Als mich meine Mutter das erste Mal über die Ferien hier abgeliefert hat, wusste ich gleich, dass ich mich an ihn halten kann. Vor einem wie ihm brauchte man keine Angst zu haben. Ich empfand ihn fast als einen Bruder, auch weil wir die gleiche Sorte Mutter hatten: Beide waren verhärtet und streng.

»Du musst die Zweige unten am Ansatz abknipsen«, sagt er. »Ist gar nicht so leicht, mhm?«

»Ich kann das einfach nicht«, sage ich.

Abends liege ich im Bett und spüre meinen Herzschlag. Ein zögerliches Klopfen, das sich anfühlt, als könnte es jeden Moment abbrechen und woanders weiterklopfen: Als Ast gegen die Fensterscheibe, mich leblos liegen lassend. Ich bin am falschen Ort, denke ich. Aber wenn ich schon mal hier bin, muss ich auch ein paar Tage bleiben.

2

Mittags läutet Frances die Glocke. Das bedeutet: Drei Stunden Ruhe, nichts bewegt sich im Haus. Wenn doch, dann gefälligst leise, denn Frances schläft. Ich schleiche in den Saal hinunter, eng am Geländer, damit die Stufen nicht knarren, komme mir aber trotzdem beobachtet vor. Frances steckt in den Möbeln, in den unterschiedlich abgewetzten Treppenstufen, in den leeren Vasen. Alles ist infiziert von ihrem Ernst. Aus allem spricht ihr Hass auf die Neuzeit. An der Wand neben der Treppe hängen gerahmte Fotos, ovale und eckige Mumifizierungen, bis in schwarz-weiße Generationen hinein. Sie wirken, als wären es Fotos einer ganz anderen Familie.

Frances war schon immer ein Fremdkörper, auch in der Stadt, bevor Robert aus der Psychiatrie entlassen wurde und sie mit ihm hierher gezogen ist. Jetzt hat sie sich hier ausgebreitet, Olivenbusch ist ihr Revier, aber sie scheint nirgendwo zu Hause zu sein. Zu Hause ist man nicht so ernst.

Unten im Bad zelebriert Robert seine Waschungen, wie vermutet. Er steht nackt vor dem Waschbecken und lächelt mich an: »Hey.«

Ich setze mich auf das Bänkchen, von dem aus ich ihm schon früher gerne zugesehen habe. Er duscht nie, ich habe keine Ahnung, warum. Er wäscht jedes Körperteil einzeln, als wollte er eine Inventur seines Körpers aufnehmen. Er hebt den linken Fuß ins Waschbecken und schrubbt konzentriert drauflos, dann kommt der andere Fuß, die Beine, der Bauch, die Arme. Roberts Körper ist sehr filigran, als hätte sich ein Bildhauer reingesteigert, bis die Skulptur noch feiner geworden ist, als es ein menschlicher Körper eigentlich sein kann. Er scheint vollkommen zufrieden mit sich selbst, obwohl er kaum Kontakte hat. Oder vielleicht gerade deshalb. Es sieht gut aus, wie er sich wäscht, irgendwie meditativ, trotzdem stört mich etwas, ich spüre, wie sich meine Muskeln spannen. Die Seife liegt merkwürdig verschoben auf der Ablage. Ich weiß, dass es völliger Unsinn ist, trotzdem kann ich mich nicht dagegen wehren, mir zumindest vorzustellen, die Seife gerade zu rücken. Etwas in mir steht auf und bewegt sich auf Robert zu, ein innerer Bewegungsablauf, der sich einfach in Gang setzt.

Als Robert fertig ist, trocknet er sich gründlich ab.

»Hast du noch nie geduscht?«, frage ich, um keine seltsame Stille aufkommen zu lassen.

»Doch, als kleines Kind«, sagt er. »Aber es hat mir nicht gefallen, das Waschen gefällt mir besser. Ich würde auch duschen, wenn es sein müsste, aber das Waschen gefällt mir einfach besser.«

Jetzt, denke ich, könnte ich aufstehen und mit einer unauffälligen Bewegung die Seife zurechtrücken. Da ist ein kleiner Punkt, der Bruchteil einer Sekunde, in dem ich mich fast dazu entscheide, aber ich zwinge mich, ihn verstreichen zu lassen. Erst als Robert draußen ist, rücke ich die Seife zurecht und beschließe, es selbst mal mit dem Waschen zu versuchen. Ich ziehe mich aus und falte den Waschlappen, so wie Robert es tut, allerdings gelingt es mir nicht, die gleiche Ruhe an den

Tag zu legen. Die Seife flutscht auf den Boden, alles ist irgendwie nass und chaotisch. Ich seife mir die Unterarme ein und fühle mich klebrig und verschwitzt. Robert kommt rein, um sein Hemd zu holen. Wieder entsteht eine etwas peinliche Stille.

Als er draußen ist, steige ich unter die Dusche.

3

»Ich werde bald sterben«, sagt Frances, als wir abends am Kamin sitzen. »Wir müssen jetzt mal darüber reden, Robert. Es ist wichtig, im Vorfeld alles abzuklären. Wir müssen darüber reden, wie du dir dein weiteres Leben vorstellst.«

Robert nickt, als wäre das eine vollkommen selbstverständliche Aussage.

»Ich kriege das hin«, sagt er. »Ich bleibe hier wohnen, das wird schon funktionieren.«

Ich sage: »Was ist das jetzt für ein Unsinn, Frances? Warum solltest du sterben?«

Sie sieht mich kurz an, ohne mich wirklich wahrzunehmen. Ich störe offenbar mit meiner abwegigen Frage.

»Der Tod gehört eben zum Leben«, sagt sie, ungewohnt platt. »Aber vielleicht reden wird doch lieber ein anderes Mal darüber.«

Sie klappt die Bibel auf und sucht nach einer Stelle, die sie vorlesen kann. Es ist Sonntag, und Sonntag ist Bibelabend.

Ich habe das Bedürfnis, irgendwas Hilfreiches zu sagen, ich sage: »Ich könnte ja ab und zu mal vorbeikommen und nach dem Rechten sehen ...«

Das ist natürlich schwachsinnig. Nicht nur, weil ich es für unwahrscheinlich halte, dass Frances bald sterben wird, sondern auch, weil Robert mit seinem Leben sowieso viel besser zurechtkommt als ich.

»Du bist nicht dazu geeignet, im Leben irgendeine Verantwortung zu übernehmen«, sagt Frances in ihre Bibel hinein.

Einen Moment kommt mir der Verdacht, dass ich verrückt geworden sein könnte und dass es sich wirklich um ein ganz normales Thema handelt. Aber dann sage ich mir: Es ist nicht normal, ohne jede Begründung seinen eigenen Tod anzukündigen. Wenn hier jemand verrückt ist, dann Frances! Trotzdem, und das ist das Seltsame, behält sie die volle Autorität über die Situation. Sie vermittelt einfach den Eindruck, dass sie weiß, wovon sie redet, während man selbst auf dem Schlauch steht.

»Im ersten Jahr Belsazars, des Königs von Babel«, beginnt sie vorzulesen.

Ich gehe hoch und beschließe abzureisen. Hier wirst du nicht gesund, sage ich mir, hier will man dich verwirren! Und ich packe auch, aber dann bleibe ich auf dem Bett liegen. Ich verpasse den Moment, in dem ich aufstehen und gehen müsste. Da ist dieser Bruchteil einer Sekunde, den ich einfach verpasse.

4

Am Morgen finde ich Robert alleine am Frühstückstisch vor. Frances ist im Bett geblieben, offenbar hat sie jetzt schon angefangen zu sterben.

»Was soll dieser Unsinn mit dem Sterben?«, frage ich.

Robert lässt sich Zeit mit einer Antwort. Er frühstückt wie immer sehr langsam. Er ist in der Lage, sechs bis sieben Scheiben Toast zu verdrücken, grundentspannt und genießerisch kauend. Ich frage mich, wo er das alles hinsteckt, ob es seine Krankheit ist, die diese Energie verbraucht.

Er schiebt mir den Käseteller rüber, von dem ich gar nichts möchte.

»Eine innere Stimme hat es ihr gesagt«, antwortet er endlich, als würde er mir damit etwas Neues verraten. Natürlich hat es ihr eine innere Stimme gesagt. Frances ist esoterisch, auch wenn sie nie davon spricht. Sie ist auf eine sehr trockene und humorlose Weise esoterisch.

»Und«, frage ich, »glaubst du ihrer inneren Stimme?«

»Ja, schon.«

»Aber du glaubst auch an Naturgeister und diesen ganzen Kram, oder?«

Er lächelt mich an. Wir verstehen uns immer noch, obwohl wir so unterschiedlich leben. Ich habe das Gefühl, dass zumindest er sich in mich hineinversetzen kann. Er wirkt vollkommen wach. Und er braucht nur eine Sekunde, um zu sehen, dass wir das Thema nicht weiter ausführen müssen, weil ich diese ganze Esoterik-Diskussion gar nicht führen möchte. Das bedeutet Zuhören, denke ich. Robert hört einem wirklich zu.

»Jedenfalls«, sagt er, »kannst du ja zu meiner Mutter hochgehen, wenn du mit ihr sprechen willst.«

»Frances würde mich gar nicht reinlassen«, sage ich. »Sie hasst mich!«

»Nein, nein«, sagt er, »sie hasst dich nicht. Sie mag dich. Aber sie redet sich immer ein schlechtes Gewissen ein, wegen der Sache mit deiner Mutter. Und dann kann sie nicht mit ihrem schlechten Gewissen umgehen und ist stattdessen abweisend, das ist alles. Das darfst du ihr nicht übel nehmen, verstehst du?«

Er zieht sich den Käseteller rüber.

Nach dem Frühstück gilt es, den Hühnern den Kopf abzuhacken. Robert bringt je zwei Hühner aus dem Gewächshaus zum Baumstumpf. Er trägt sie an den Füßen, damit sie ohnmächtig werden. Kaum, dass sie dann auf dem Baumstumpf liegen und zur Besinnung kommen, fällt auch schon das Beil. Es geht butterweich. Ich ziehe den Kopf mit der Linken lang und lasse das Beil einfach fallen. Der andere Job, das Festhalten des kopflosen Körpers auf dem Baumstumpf, ist weitaus unangenehmer. Die Viecher zappeln noch mal richtig, während sie sich das Blut aus dem Hals arbeiten.

Früher hat mir das Köpfen Spaß gemacht, jetzt ekelt es mich an, auf eine sanfte, verwirrende Weise. Gerade weil es so leicht geht. Ich habe nicht das Gefühl, Herr über Leben und Tod zu sein, es kommt mir eher vor, als würden die Hühner gar nicht richtig leben, oder als wüsste ich einfach nicht, was ich tue. Die Wiese verfärbt sich lila, die Körperwärme der Hühner liegt in der Luft. Robert bringt die beiden letzten zu schlachtenden Tiere. Er hat wie immer den Überblick. Er mag schizophren sein und in einer Situation leben, die man nicht gerade als berauschend bezeichnen würde, aber er hat den Überblick. Er glaubt, dass die Hühnerseelen in den Himmel kommen, und dass die Welt aus einem Lichtstrahl geboren wurde.

»Na ja, Hauptsache, man hat ein System«, sage ich.

Zwischendurch ist Frances am Fenster zu sehen, undeutlich im Nachthemd. Sie kann das Überwachen nicht lassen. Ich habe das Bedürfnis, sie zu hintergehen.

Ich sage: »Was hältst du davon, wenn wir das letzte Huhn verschonen?«

»Dann wird es nächstes Mal geschlachtet.«

»Ja, aber wir können es ganz freilassen. Wir könnten es den Weg runterbringen und dort einfach aussetzen!«

»Ich glaube kaum, dass es da draußen überleben würde.«

Robert knüpft das vorletzte Huhn an die Leine, an der schon die anderen hängen. Die Köpfe haben wir in einem Eimer gesammelt. Ein Eimer voll toter Blicke.

Ich bin plötzlich überzeugt, dass es unsere Pflicht ist, das letzte Huhn freizulassen. Wer weiß, ob es nicht doch überleben würde?

Vielleicht würde es in den Wald zuckeln, dort irgendeine Nahrungsquelle finden und ein kleines Leben als Waldhuhn führen. Der Lebenswille ist ja stärker als man denkt. Vielleicht würde es die neu gewonnene Freiheit nicht zu schätzen wissen und sie nur als kühle, bedrohliche Abwesenheit von Gemeinschaft und Futter empfinden. Aber jedes Lebewesen kann lernen. Vielleicht würde das Huhn verrückt werden, aber in einem hartnäckigen, lebenserhaltenden Sinne. Es würde verwildern und könnte vielleicht noch Jahre überleben, um schließlich auf einer Lichtung an Altersschwäche zu sterben. In der Morgensonne, ziemlich zerrupft und mitgenommen, aber frei.

»Es macht keinen Sinn«, sagt Robert. »Aber ich habe nichts dagegen, wenn du unbedingt willst.«

Er sieht sich nach Frances um, geht dann ins Gewächshaus und kommt mit dem letzten Huhn wieder raus. Wir gehen ein ganzes Stück den Weg hoch, bevor wir es freilassen. Es flattert, geht ein paar Schritte im Kreis und sieht uns an, mit diesem typisch urdummen Hühnergesichtsausdruck. Zuckend und fanatisch. Auch etwas desorientiert. Das Gackern scheint sich im Hals anzustauen, kommt aber nicht richtig raus. Wir lassen es da sitzen.

5

Ein ungewohnter Anblick: Frances liegt im Bett und liest. Ich kann mich nicht erinnern, jemals in ihrem Zimmer gewesen zu sein, und wenn, dann nur zwischen Tür und Angel, so wie jetzt. Sie sieht mich an, legt das Buch zur Seite und nimmt ihre Brille ab, wodurch ihr Gesicht noch älter wirkt. Nur ihre Augen leuchten irgendwie. Ich denke: Sie leuchten vor Bewusstsein, oder vor Getrenntsein, oder vor Wissen.

»Ich fahre morgen wieder«, sage ich.
»Aha.«
»Und ich wollte noch mal mit dir sprechen.«
»Aha.«
»Darf ich mich setzen?«
»Ja.«

Ich setze mich, obwohl ich schon gar nicht mehr so richtig will. Ich komme mir übertrieben emotional vor, einfach durch die Tatsache, dass ich mit ihr reden will. Frances schafft es, dass man sich durchgehend schämt.

»Was willst du?«, fragt sie.

Ehe ich antworten kann, sagt sie: »Du bist unentschieden, du kommst hier rein, und jetzt soll ich dir sagen, was du willst, oder?«

»Ja, irgendwie schon.«
»Ich kann dir nichts Positives sagen.«
»Was ist eigentlich mit dir los, bist du ernsthaft krank?«
»Fang nicht an, über mich zu reden, obwohl du eigentlich über dich reden willst!«
»Na gut. Was kannst du mir denn über mich sagen?«
»Nichts«, sagt sie.
»Nichts?«
»Nichts.«

Sie sieht mich an, als würde sie mich durchschauen, und ich fühle mich wirklich durchschaut, gleichzeitig regt es mich auf. Es ist kein Kunststück, jemanden zu durchschauen, wenn er so schlaff da sitzt wie ich, denke ich. Man muss ihn nur ganz direkt ansehen und so tun, als erkenne man seine Seele, dann wird er sich durchschaut fühlen, weil er nichts entgegenzusetzen hat. Ein einfaches Spiel. Es funktioniert wie bei diesen Show-Hypnotiseuren: Sie behaupten, die Leute ausknipsen zu können, und wenn sie dann schnipsen, knipsen sich die Leute selbst aus, weil sie insgeheim ganz verrückt darauf sind, mit einem Schlag alle Macht abzugeben.

»Du wirst es nie zu etwas bringen«, sagt Frances, mich weiterhin fixierend.

»Doch«, sage ich trotzig. »Was soll dieser Quatsch? Ich werde es zu allem bringen! Ich wollte nur nett sein und noch mal bei dir reingucken, bevor ich fahre, das ist alles!«

In ihren Mundwinkeln zeigt sich der Hauch eines Lächelns.

»So gefällst du mir besser«, sagt sie und greift wieder zu ihrem Buch.

6

Es war in dem Sommer, in dem meine Mutter ein paar Tage blieb, bevor wir zusammen wieder fuhren. Frances und meine Mutter saßen am Gartentisch und tranken stundenlang Kaffee, Robert und ich lagen hinten auf der Wiese und planten unsere Weltreise. Wir wollten zum Äquator, das schien uns ein gutes Ziel zu sein, auch wenn wir nicht genau wussten, was das ist. Ich stellte mir vor, dass es der Ort ist, an dem die ersten Menschen entstanden sind. Eine sanfte Ebene mit ein paar Höhlen und einem Fluss.

»Es gibt den Äquator gar nicht«, sagte Robert. »Es ist kein Ort, sondern eine Maßeinheit oder so was.«

»Jedenfalls sollte man einmal dort gewesen sein«, sagte ich.

Die Tage vergingen schnell, obwohl wir nichts Besonderes taten. Mir fiel zum ersten Mal so richtig auf, dass die Sonne am Himmel wandert. Mittags war alles gleichmäßig hell, nachmittags wuchs ein Schatten am Fuß des Hauses, sodass unsere Mütter im Dunkeln saßen. Es hätten die besten Tage sein können, aber etwas lief falsch, und das hing mit unseren Müttern zusammen. Aus der Ferne betrachtet saßen sie ganz friedlich da, aber wenn wir am Abend näher rückten, ging eine seltsame Kälte von ihnen aus. Das Gespräch brach ab, unsere Frage nach dem Äquator wurde nicht beantwortet, wir sollten im Atlas nachsehen.

Meine Mutter ließ mich über ihren Gemütszustand im Unklaren. Sie hatte immer Malerin werden wollen und diesen Pläne gerade ein für alle Mal begraben, so viel verstand ich. Oder besser: So viel schnappte ich auf, in der Terrassentür stehend, den merkwürdigen Gesprächen lauschend. Die beiden waren immer mit Themen beschäftigt, die sehr weit von dem entfernt waren, was um uns herum passierte. Es hatte etwas mit der Welt da draußen zu tun, mit der Gesellschaft und mit einer Art Feind, von dem ich den Eindruck hatte, dass er das Leben selbst sein musste.

»Pessimistinnen«, sagte ich zu Robert.

»Der Äquator ist ein Breitenkreis«, rief er von hinten.

Einmal war die Rede davon, dass meine Mutter und ich nach Olivenbusch ziehen könnten. Robert und ich beschlossen, einen Brief an unsere Mütter zu schreiben. Das heißt, zuerst trugen wir mündlich vor, dass wir dafür waren, aber unsere Freude über die Vorstellung, jeden Morgen gemeinsam mit dem Bus in die Schule zu fahren, schien vollkommen irrelevant zu sein. Wir hatten offenbar mal wieder nicht begriffen, worum es ging. Also schrieben wir: Sehr geehrte Mütter ...

Aber man hatte schon dagegen entschieden. Es wäre ohnehin nur eine Notlösung gewesen, offenbar kein Grund zur Freude. Der Brief lag offen auf dem Tisch, sie hatten ihn gelesen, aber es gab kein Lächeln oder so. Sie waren nicht zu Späßen aufgelegt.

Wenn es Befehle zu erteilen gab, erteilte sie Frances. Meine Mutter saß nur da, nicht weniger ernst, aber passiver und in sich zurückgezogen. Beide hatten ein Leben hinter sich, von dem wir nicht viel wussten, außer, dass es sie ausgelaugt hatte.

Einmal hörte ich Frances von Selbstmord reden, spät am Abend, als ich barfuß noch mal heruntergekommen war. Es war an einem der letzten Ferientage, an denen es abends schon kühl und windig wurde, sodass ich mich gut hinter dem Vorhang verstecken konnte, den der Wind auf seinem Rückweg durch den Saal aus der Terrassentür blies. Wenn sich die beiden unterhielten, kamen Fremdwörter darin vor, oder zumindest unverständliche Begriffe, das irritierte mich immer: Zwei Menschen unterhalten sich, und man kann einfach nicht ausmachen, worum es geht. Aber ich hörte ganz deutlich, wie Frances das Wort Selbstmord aussprach.

Und: »Es ist nicht prinzipiell etwas Falsches daran.«

Genau diesen Satz. Meine Mutter saß in ihrer typischen Pose: Verschränkte Arme und ein Gesichtsausdruck, als würde sie durchgehend frieren. Als wäre sie immer und überall eine Fremde, wie Frances.

»Die beiden sollten sich ein Beispiel an den Hühnern nehmen«, sagte ich zu Robert.

Wir verlegten gerade das Gehege, und es war ganz erstaunlich, wie zufrieden die Tiere waren: Sobald wir sie in ihrem neuen

Gehege abgesetzt hatten, fingen sie an zu picken, als hätte es nie ein anderes Zuhause gegeben.

»Die Hühner denken eben nicht«, sagte Robert.

Zwei Wochen später hat sich meine Mutter erhängt. Ohne Abschiedsbrief, ich weiß nicht, warum. Man kann sich Gedanken machen, aber dann kommt man nur zu seltsamen Schlüssen, die einen nicht weiterbringen. Ich träume von ihr, aber es ist nie aussagekräftig, und ich hab nicht das Gefühl, dass sie mich im Traum besuchen kommt. Ich habe das Gefühl, dass sie einfach tot ist, und dass es dafür keine Erklärung gibt. Ich bin auch nicht nach Olivenbusch gekommen, um noch mal ganz groß darüber nachzudenken.

7

»Ich wünsche dir alles Gute«, sagt Frances, als ich mit gepackter Tasche bei ihr in der Tür stehe. Ich bin mir sicher, dass sie mein Eintreten schon erwartet hat, dass sie es mit ihren tausend Augen und Ohren vorausgesehen hat, um dann möglichst schnell diesen Satz rauszuschießen: Ich wünsche dir alles Gute.

Sie sitzt aufrecht im Bett und wird sofort wieder ganz nüchtern. Sie sieht zum offenen Fenster, an dem sich die Gardinen filmreif blähen, als gäbe es da irgendwas Wesentliches, dem man Beachtung schenken müsste. Sie sieht aus, als würde sie wirklich bald sterben, so mager und schwächlich, wie sie da sitzt.

»Diese Gardinen gehören auf den Müll«, sagt sie.

»Ich wünsche dir auch alles Gute«, höre ich mich sagen.

Wir sehen uns an, und jetzt ist es uns beiden zu gefühlvoll, das merke ich. Deshalb rede ich schnell weiter, ich sage: »Ich habe mir gedacht, dass ich Anfang August noch mal vorbeigucke.«

»Dann dürfte ich noch da sein«, sagt Frances.

Höre ich da einen Hauch von Humor? Irgendwie schon. Sie sieht gegen die Wand, als wäre sie in einer kleinen Bewusstlosigkeit versunken. Der Wortwechsel hat sie erschöpft, aber es war offensichtlich witzig gemeint.

»Bis dann«, sage ich.

»Jaja, bis dann.«

Als ich aus dem Haus trete, steht Robert auf dem Dach. Ich verabschiede mich mit einem Heben der Hand. Er hebt auch die Hand, lange genug, um es herzlich werden zu lassen. Ein guter Gruß, denke ich. Ich marschiere zur Bushaltestelle, vorbei an den dampfenden Feldern, vorbei an den Hühnern, unter denen sich meines befindet, oder auch nicht.

Ich setze mich auf die Rückbank und genieße das einschläfernde Ruckeln der Busfahrt. Ich denke: Komm her, Stadt, komm her, Verwirrung, komm her, Großraumdisco. Ich denke: Komm her, Herbst, komm her, Winterschlussverkauf, komm her, kleiner Alf aus Plastik im Weihnachtsmannkostüm. Durch die Straßen laufen um fünf Uhr morgens, dann kommt irgendwann Silvester, und dann kommt irgendwann der Frühling. Wenn ich ankomme, werde ich wissen: Es ist auch nicht der richtige Ort.

Der goldene Stern

Am Abend das Riesenrad und die Buden, der Greifarm, der im Glaskasten nach Kuscheltieren greift, Waffeln mit heißen Kirschen und Sahne. Der zerkratzte Wahrsageautomat. Dann zur Bahn wie unter Wasser. Am Bahnsteig treffen dich Fischblicke und sülzige Augen. Aber zufällig und unregelmäßig, die völlige Abwesenheit eines Gegners. Die Laternen wie Beine einer übergeordneten Welt, in einem langsamen Sturm. Dann in einem U-Boot nach Hause, in weicher Mechanik, in der vollen Bahn langsame Langustenbewegungen. Was hat der Handleseautomat gedruckt und ausgespuckt, was stand auf dem kleinen gelben Zettel?

Die Kirche im Dorf lassen. Sie gewinnen mit Willenskraft.

Also Sport. Also Sport am nächsten Morgen, dieses Leid der letzten Wochen ist dir eh vorgekommen wie Kleingeld. Ein neuer Morgen. Wie konntest du nur so theatralisch sein? Das ist dir jetzt ganz fremd. Sport als Anti-Theatralik. Das ist gut. Wenn schon nicht gegen fauchende Drachen kämpfen, dann Sport. Wer keinen Feind hat: Sport. Und warum immer quer sein, warum nicht, wie heißt es noch mal? Aufrichtig. Warum nicht Bauch rein und Brust raus? Ein deutscher Morgen. Du also in Badehosen. Die sind pink und grün, denn du bist ein witziger Kerl. Kein dämlicher Liedermacher oder so, der sich viel zu ernst nimmt und dabei ein Weichei ist. So einer nicht. Auch kein Mountainbiker, machst du Sport? Ja, das schon, aber du bleibst dabei Mensch, und das finden wir gut. Wie heißt dieser sympathische Kerl, hat er eine Freundin? Wir mögen ihn und möchten vielleicht mit ihm schlafen. Aber es sind keine Frauen in der Halle. Ganz hinten links untersucht der Bademeister eine Topfpalme. Kein Außerirdischer, er sieht nicht mal unsympathisch aus. Wie er jetzt mit dem Kopf aus der Palme taucht und dich entdeckt. Als einzigen Gast. Ich würde dich überall erkennen.

Du schwimmst drei kraftvolle Bahnen, steigst dann aus dem Wasser und rauchst im verglasten Außenbereich. Erste Senioren kommen in die Halle. Sie sind ganz weiß und haben gelbe Hauben auf. Sie versammeln sich um ein separates Gymnastikbecken. Als sie sich im Wasser aufgestellt haben, macht der Bademeister am Beckenrand Bewegungen vor. Die Senioren machen das nach mit ihren gelben Hauben, dieselben Bewegungen wie der Bademeister. Du rauchst. Du bist so ein Typ, du lässt die Kirche im Dorf.

Später dann plötzlich Bewegung an der Pforte zur Beckenlandschaft. Wer kommt? Schülerinnen, nicht zu knapp! Eine Bohnenstange steht im arroganten Kontrapost da und lässt kühle Blicke durch die Halle schweifen. Begleitet von ihrer dicken Freundin, die zwei Handtücher hält. Der Bademeister hat sich inzwischen in seinem Hochstuhl eingerichtet, und die Senioren diffundieren frei durch die Thermalsituation. Du stehst da und siehst gebannt auf dieses lange Mädchen, entdeckst dann aber plötzlich jemand ganz anderen, wen?
    Einen Menschen.
    Also doch.
    Du winkst ihm energisch zu, sieht er dich? Nein. Er steht da in Badehosen und Latschen und guckt doof. In dieser sympathischen Komik eines Bekannten in der Menge. Steht da und sieht einen nicht. Immer noch nicht? Nein. Haha, der ist aber blind, denkst du. Ein Kind pisst dir mit einer Wasserpis-

tole ans Bein, keck wie eine Rübe. Aber das nimmst du dem Kind nicht krumm. So einer bist du nicht. Vielmehr fragst du dich, warum dich hier keiner sieht. Du stehst da und winkst wie ein Arschloch im Mai, langsam wird es peinlich.

Später mit Sigmund im Thermalbadkeller, Sigmund hat gekifft, aber für dich heißt es ja seit Kurzem: Sinnvoller leben. Seit wann genau? Seit gestern. Wie? Hauptsächlich Sport.
    Sigmund sagt: »Geil, bekifft in die Sauna.« Es gibt Palmen und Liegestühle und ein Eisbecken. Rundherum die sieben gierigen Mäuler der Saunen. Und natürlich Nackte. Faltenmänner und Faltenfrauen. Freund Sigmund steigt leichterhand aus der Hose. Du auch. Steigst aus der pinken und grünen Hose, streifst also deine grobstoffliche Hülle ab, legst also dein Innerstes frei und rufst: Schaut her, ich bin schön!
    Das nicht.
    Aber unangenehm ist es auch nicht, denkst du. Blickt dort ein altweibisches Fischauge auf dein Genital? Das muss, wenn überhaupt, zufällig und unregelmäßig sein. Die völlige Abwesenheit der Liebe nämlich hier unten. Sigmund schreitet voran zur finnischen Sauna, 80 Grad, macht die Tür auf und sagt: »Guten Tag.« Und die Gemeinschaft, fröhlich schwitzend aus dem Nebel heraus: »Guten Tag.«
    Die Welt, vorhersehbar. Selbst in der Sauna weiß man inzwischen, was passiert.
    Hamlet stirbt. Der Ausgang ist völlig klar.
    Ihr setzt euch hier hin, und da sitzt ihr da. Nicht wie beim richtigen Sport, wo einer gewinnt. Das hier ist etwas völlig anderes. Das hier ist Wellness. Was ist Wellness? Wellness ist Scheitern. Wellness ist ein Wahrsageautomat, alle sehen dich an. Kein Schweiß aufs Holz. Unter keinen Umständen darf man sich einfach so auf das nackte Holz setzen!

Wir werden neue Kontinente erreichen, mit einem Helden wie dir ist das ja kein Problem.

Sex, Sex nämlich, ganz plötzlich im sinnlosen Raum, die arrogante Bohnenstange neben ihrer dicken Freundin, wagen sich da als blutjunge Schülerinnen herein. Und ihr als Gruppe: »Guten Tag.« Wie sitzt Sigmund da? Ganz souverän, der alte Dadaist. Sein Genital in den Raum legend. Und du? Wie eine beschissene Dame. Stell die Beine lieber nebeneinander, präsentier dich dem kirren Raum. Die beiden Mädchen wie in Marmor gehauen.

Und dann dieser Quadratzentimeter. Ganz kurz. Welche Farbe? Dunkelblond, ein dunkelblonder Haaransatz. Da sitzt sie auf ihrem Schatz. Da sitzt sie als Gymnasiastin mit ihren langen Beinen über Kreuz, die Mäusebrust kess in den Raum gereckt. Sie wendet den Kopf? Nur ganz langsam wie eine Giraffe oder eine Sphinx, das Kinn noch etwas erhabener. Sie wendet den Kopf? Sie trägt Zopf, nur eine Strähne hat sich gelöst, zum gelegentlichen Wegpusten, sofern sie nicht schon klebt. Der Schweiß der Sphinx. Sie streift deinen Blick mit ihren engelsblauen Augen, und du sitzt wehrlos mit deinem Zipfel im All.
    Als Liedermacher.
    Sie schließt die Augen. Und daneben ihre dicke Freundin: Als Ball.

So viel Sex an nur einem Tag, du bist ganz begeistert von deinem Leben. Eine weiche Mechanik mit einer Art Hand, die ab und zu rauspumpt und nach etwas greift. Sie greift ins Leere, aber es gibt einen gewissen Quietschton. Ein nacktes Mädchen sitzt in einer Sauna.

Und als du die Augen wieder aufmachst, ist sie verschwunden. *Elvis has left the building.* Haha. Du lachst über diesen kleinen Spruch, den du dir innerlich gönnst. Du tippst Sigmund an und flüsterst: »Elvis has left the building.« Und ihr genießt euren kleinen Zwei-Mann-Spruch. Ein Spruch, der nicht wirklich witzig ist, aber doch ein bisschen, zumindest ausreichend. Was gibt es schöneres, als mit einem Freund zu lachen. Da wird der Moment zu einem kleinen Haus. Und der Witz zu einem Hund am Kamin. Ein Bellen des Geistes, aber immer Vorsicht mit der Theatralik.

Später in der Röhrenrutsche. Die geht sogar nach draußen und dann wieder rein. Das ist ein Spaßschwimmbad. Die Stimmen klingen dumpf und intim in der roten Röhre. Du bist ganz alleine mit dir, und das Tempo könnte schneller sein. Du hörst ein dumpfes Quieken. Um eine Kurve würde sich der Klang lichten, sähst du plötzlich die Bohnenstange, dämonisch lächelnd. Sie hätte sich quergestellt und auf dich gewartet. Sie würde dir die Zunge rausstrecken und blitzend lächeln, und du würdest erschrecken, hektisch abbremsen, während sie lacht, lacht, die Schönheit. Aber das passiert nicht. Du plumpst nur klobig unten raus. Aus dieser Röhre. Aus dieser Mischung aus Tropfsteinhöhle, Uterus und Freizeitspaß.

Abends das Riesenrad und die Buden. Himbeernacht, das Leuchten der Lichter. Der warme Tieratem der Nacht. Du bist mit Sigmund da, und ihr seid gut gelaunt. Was denn sonst! Ihr lasst euch nicht unterkriegen, Kumpels. Und dich kann man immer gut erkennen. An deiner Nase zum Beispiel. An der Art, wie du gehst und in der Gegend stehst und mich nicht siehst. Die seltsame Komik eines guten Freundes in der Menge. Du siehst so albern aus, das macht mich richtiggehend froh, das lässt mich manchmal (Vorsicht!) ganz unschuldig empfinden. Im Riesenrad der goldene Stern der Bierreklame und wir, hier in unserem Unterwasserfilm, gehen würdig und zeitlupenhaft durch die Welt. Als befreundete Helden. Wenn die Krise alles verfinstert hat, werden die Astronauten des Lichts die Sterne anzünden.

Foto: Finn-Ole Heinrich | www.pipe-up.de

Andreas Stichmann
*1983 in Bonn. Studiert seit 2005 am Deutschen Literaturinstitut Leipzig. 2006 nahm er an der Endrunde des *Open Mike* teil. Längere Aufenthalte in Südafrika. »Jackie in Silber« ist seine erste eigenständige Veröffentlichung.

www.andreasstichmann.de